開店休業

吉本隆明　ハルノ宵子

幻冬舎文庫

開店休業

イラスト　ハルノ宵子
本文デザイン　伊藤信久

もくじ

正月支度

ときどきやってくる孫は、まだおとなしく「ぢいぢ」のあぐらの間におさまっている年齢ではない。不器用な「ぢいぢ」の方もよくきた、ちょっとここへきな、などと照れくさくて云える柄ではない。心のなかで幼年や少年のころ、お祖父さんのあぐらのなかにおさまって黙って満足していた姿を思いだしている。老人は昨日の夕食のおかずは何だったか忘れてしまうことがあっても、子供のころ愉しかった正月支度や正月三ヶ日のことは忘れ難い。

今年は二斗半にしようかとか二斗にしようかとか、年の瀬になると父が云う。記憶をたどると三斗から一斗半までのあいだで、餅つきの量は変った。父と兄たちがつき役であった新佃島在住の時代から、長兄とわたしがつき役になった葛飾お花茶屋時代までが鮮やかに追憶される。終りは戦乱につながって記憶は消える。

つき役はくたびれるだけなのに、父親の呼びかけるもち米の量が多いほど愉しかった。釣り舟やボートをつくる小さな造船所の景気のバロメーターは年の暮の父の云うもち米の量でわかったからだ。

新佃島のころは大家のお米やさんから臼と杵を借りた。葛飾時代のはじめは臼と杵は揃えて庭先にあった。セイロの蒸し役と餅つきのこね役は母親だった。故郷天草島のしきたりで、ついた餅はすぐに砂糖のあんこ、塩のあずきにまるめられる。形は母や亡くなるまえの姉がととのえた。あとは鏡餅で、のし餅の記憶は正月三ヶ日の雑煮に入れるくらい、の記憶しかない。

つきたてで食べるのは、子供は砂糖あんを中味にした餅、大人はおろし大根のからみ餅だった。もう少し餅の話をすると、のし餅は正月三ヶ日の雑煮に使われるか、日がたって餅あみを大鉢にのせて焼くようになってから使われた。雑煮は最初から人参やゴボウやイワシのすり身と一緒に煮込むもので、東京煮のように餅を焼いて予め準備をしたほうれん草やかまぼこと一緒に醤油味のだし汁に入れる雑煮の作り方は、世帯をもってから初めて知った。

子供心に愉しかったのは門飾の竹の小枝にちいさな餅であられの玉をしつらえ、もう固くなった小正月ころに子供だけで甘辛の醤油味にフライパンで煎って食べることだった。なぜあんなことが現在思い出しても愉しみだったのか理由がわからない。何ひとついまよりよい根拠はなかったのに、あれは愉しかった。

ついでに云えば父や母が、まだ若く、ふだんと少しだけちがった衣装で羽根つきに加わってくれたり、少し長じてからは隣家のおばさんや子供も寄って百人一首の取りっこをしたのも愉しかった。

いや、いや回顧的な顔になってきた。

「ぢいぢ」は孫がきたら、愉しさの彼方の愉しい顔を見せるのが、唯一の正月支度かなと思い返す。

天草×東京＝？

父の言う天草風のお雑煮が、はたしてスタンダードなのか、吉本家独自の物なのかは分からないが、父が母と一緒になり、初めて東京風のお雑煮に出会った時には、内心寂しい思いをしたにちがいない。

母のお雑煮は、焦げ目がつくまで焼いた切り餅と、ゆでたほうれん草、なるとをお椀に入れ、その上から鰹でとった出汁《だし》に鶏のこま切れを入れて、ひと煮立ちさせたお汁をそそいだだけの、実にあっさりした味だった。

父が昼食係をやっていた時、何度かその天草風のお雑煮――ニンジン・ゴボウ・レンコン・お揚げなどと生の切り餅を一緒くたに、醬油味でグダグダになるまで煮込んだ物を作ったことがあるが、母は「焼いてないお餅なんて信じらんない！」「色んな味が混じってて許せない！」と、ほとんど箸をつけなかった。

食が細く、そもそも食べるという行為自体に、まったく興味が無かった母だったが、私と妹が幼稚園の頃のお弁当と、正月料理だけは頑張って担当していた。しかしどちらも必死すぎてコワかった。教室でフタを開けるのも恥ずかしいほど美しい、宝石箱のようなお弁当は、ビジュアルとしてのインパクトは残っているのに、味の記憶はまったく無い。煮〆にするゴボウに〝す〟が入っているのが許せず、大晦日の夜買い直しに（父が）行かされたり、夜が白々と明ける頃までかかる殺気立ったお重詰めも、私が二十代前半の頃、母の結核の再発もあってバトンタッチされた。

現在の私流のお雑煮は、焼いた切り餅・ほうれん草・なるとの具は母と同じだが、出汁が変わった。大きな寸胴《ずんどう》鍋に鶏ガラ四羽分を入れ、数時間かけて澄んだスープをとる。正月三ヶ日には、妹一家や友人達も集まるので、三日分十数リットル作る。味付けは酒と塩と醬油のみだが、三日目ともなるとかなり濃厚な味わいとなる。ある時妹が、「この味何かに似てると思ったけど、奄美大島の〝鶏飯《けいはん》〟だ！」と叫んだ。

そうか……天草×東京の融合の味は奄美か。南方回帰だ！

確かに三ヶ日が終わり、寸胴の底に残った煮詰まり切った黒いスープに、白飯をぶち込んで〝おじや〟を作り、鍋に直にスプーンをつっ込んで食べるのが、私の正月締めのささやかな楽しみなのだが。

味についてあれこれ

テレビで盛んなグルメ番組のひとつに、とても食欲が旺盛そうな何人かの主婦が、行列ができるようなレストランやデパートの食堂や小料理店をめぐって、満点なら星印（☆）五つ、そうでなければ星印（☆）四つというように評価して歩くものがある。とても気がきいていて、ときどき見ている。

どこが面白いかというと、主婦の食べ盛りの年令が三十歳代であること。また必ずしも豪華な名店とかぎらないこと。どこかに味の工夫があって買物の外出の途中でちょっと立ち寄れるような店を選んでいること。本当に主婦代表が採点者だと思えることである。

さまざまな空想に誘われる。わたしの勝手な判断だが、料理の味は、味そのものではなく、味にまつわる思い出や、思い込みなど味にまとわりついている想像力に左右されるところが大きいと思う。

わたしにとって幼少期の味は、学校から帰ると、カバンを放りなげて遊びに出かけ、夕刻に帰ると空腹のあまり、母親にせがんで炊きたての御飯で小さな塩おにぎりを握ってもらいぱくつくことだった。その味は今でも幻のように思い出す味だ。

少年期から思春期にかけては、東京月島の西仲通りに出る屋台の「三浦屋の肉フライ」だった。これは月島、佃島地域の同時代の少年少女ならば、直ぐに味を思い起こし、生つばを呑み込むにちがいないほどおいしい味だった。中味は牛か豚のレバーの串カツ。たしか一串二銭だった。

わたしは長じて世帯をもつ年齢になって、この肉フライの味を再現したくて、いま住む近所の肉屋さんに何遍も揚げてもらったが、どうしても「三浦屋の肉フライ」の味にならず、また月島西仲通りにある今の肉フライを食べても「三浦屋の肉フライ」に及ばないと思えた。

たぶん、わたしの願いはもともと不可能なのだ。食材の新鮮さや料理人の腕にもよるだろうが、もっと影響が大きいのは、やはりその料理にまつわる思い出や思い込みではないだろうか。わたしはそんな疑問を禁じえない。

ちなみに京都で豪華な懐石料理を何回か御馳走にあずかったことがあるが、わたしの京の味は、円山公園の平野家で知友にはじめて案内されて食べた「芋ぼう」であった。これも何回かじぶんで試みてつくったが、どうしてもあの味は出せなかった。これは腕のちがいもあろうが、味の思い込みであるにちがいないと信じている。それ以外のわたしにとっての京の味は巷《ちまた》の「塩味のうどん」、嵯峨野の近くで食べた「湯どうふ」である。

父親は晩年「食道だけ生きている気がする」と言って、おかしい冗談を告げるものだとそのときは思ったものだが、今では少しわかるような気がしている。味覚はにぶくなっても、思い出の味だけは忘れ難く、わたしにはわからない若き日の味の情景は、鮮やかだったにちがいない。

黄金時代の味

〝肉フライ〟についてまったくご存じない方のために説明すると、薄くのばした一〇センチ四方位のレバ肉の片側に串を打ち、パン粉をつけて揚げた旗みたいな形のレバカツだ。

現在は、冷凍したレバ肉を均等にスライスしているのかもしれないが、きっと昔は一枚一枚叩いてのばしていたのだろう。正直レバの風味よりも〝衣〟味の方が勝っている。

何度か知人が買ってきてくれた、月島の〝肉フライ〟を食べたことがあるが、「ふーん……こんなもんか」という思いしかない。

しかし夏の夕暮れ時、風呂上がりなんかに、その場で揚げたてをビールと共に食べたなら、感想はまったく別のものになるだろう。

父にとって「三浦屋の肉フライ」は、何の心配も無く、力強いお父さんと優しいお母さんに守られた時代の、輝くような幸せの味だったにちがいない。また、どっぷり浸したウスターソースの味も、魚（特に煮魚）嫌いだった父にとって、洋風の新鮮な可能性の開けた味だったのだと思う。

父の作る「いもぼう」に付き合わされた記憶も、しっかり残っている。長さ数十センチはあるカッチカチに干した〝棒ダラ〟を水で戻し、京のえび芋と共に炊いた料理だ。正式な作り方は知らないが、当時東京ではえび芋が手に入らなかったので、父は八ッ頭《がしら》で作っていた。タラも芋も固くてもそもそしていて、まったく美味しくなかった。

正直言って〝貧しい〟料理だと思う。かつて新鮮な魚が手に入らなかった京都人の、創意工夫とプライドとが、名物料理にまで昇華させた――早い話積極的に「食べたい！」とは思えない味だ。無粋な江戸者の私にとっては、鱧《はも》・にしんそば・湯どうふなども、その類に入る。

父の言う「味の思い出と思い込み」説に異論はない。とりあえず今この瞬間だけは、何の心配も無く楽しくて、まだ未来に向けて開けていると感じる黄金のひと時に食べた味こそが、きっと生涯忘れがたい味になるのだろう。

あの頃「いもぼう」や「湯どうふ」を心から美味しいと感じた父は、きっと人生のある一つの黄金時代にいたのだと思う。

アジア的な香辛料

椰子油に水素添加して良質な石鹼原料の硬化油をつくりたいが、教えてくれないかと頼まれて内職に行ったことがある。戦後の混乱期にたくさん生まれた朝鮮系の小会社だった。

親切に教えてのち、次の日にはそばについていて、会社の担当者に今度はじぶんで操作してごらんなさいと作業してもらい、三日ほどやってもらって、何とかこなせるまでになったので、引揚げることにした。

最終の日は喜んで御馳走してもらったが、そのときキムチの白菜漬けを食べた。生まれてはじめてのことで、とび上るほどに辛かったが、馴染むとすぐにこれはやはりうまいものだなと思った。

戦後数年の間に、わたしはタイ国の香辛料、インドの香辛料というように、東洋風のとびきり辛い香辛料に馴染んでいった。そしてアジアの香辛料は料理の味つけというよりも、食品料理と、それと別な香辛料料理の二つだと考えたほうがいいと思うようになった。

素材をむき出しのままで辛さをどこまでも追求するのが、東洋の風儀に適っていたのかもしれない。

体格が小さいのはそのためか、肩肘張るのが好きなのはそのせいか、怒りっぽいのはなぜかとか、わたし自身が日頃からじぶんの欠点だと感じていることを、すべて香辛料料理において、辛さを競い合ったせいにしてみたりもした。

いつか信州で朝食のときに、小皿に砂糖を添え梅干しを食べる風儀に出会ったことがある。ところがどうだ。わたしは梅干しに醬油をかけ、味の素をふりかけて食べるのが好きで、いまでもときどきやっている。これでは風儀どころではない。誰も真似するものもないだろう。

わたしの味覚は、東洋風の香辛料料理のせいでおかしくなったと考えることにして、自身の弱点にしたほうがいいのだと思えてきたが、まだまだ議論の余地はあると、負けおしみを言ってみたい。

以前にフランス料理のソースの味を、つい「得体の知れない味」と書いて、知り合いのフランス料理研究家から「得体の知れない」というのはどういうことかと質問され、しどろもどろでごまかしたことがある。つまりそれは渾然《こんぜん》と融和して素材が何かということを消し去っているということですよと、やっと弁明したのだ。

日本では古《いにしえ》より香辛料には乏しかったようだ。『古事記』の一節に次のようにある。

みつみつし久米の子らが
垣下に植ゑし椒《はじかみ》
口ひひく　吾は忘れじ
撃ちてし止まむ

椒というのは、山椒《さんしょ》のたぐいだったにちがいない。田圃や畑とは別にして垣根の近くに植えたのだと思う。

命の粉

父のこのエピソードだけは初耳だった。思わず「ウッソだろ〜!?」と、声に出してツッ込んでしまったほどだ。

キムチは、おそらく父の最も苦手とする味のはずだ。まず父はニンニクがダメだ。炒め物や洋風の煮物に少しでもニンニクを使うと、「ヘンな臭いがする」と箸をつけなかった。餃子は父の好物だったが、ニンニクの香りが立ちすぎた物は食べられなかった。またキムチの隠し味となる、魚介が発酵したアミノ酸の風味も〝得体の知れない味〟のはずだ。発酵食品で父が食べられたのは、味噌・醤油・納豆・「桃屋」の塩辛と、お子様向けチーズくらいだった。

酸味がまたダメだった。梅干しは大丈夫なのに〝酢〟の味が苦手で、正体がはっきりと分かる「キュウリとワカメの酢の物」「もずく酢」以外はダメ。お寿司の酢飯ですら、本当はあまり好きではなかった。それは歳をとるにつれ鋭敏になっていった。

ある日デパートで、出来合のかつ丼を買って帰ったら、大好物のはずなのに箸が進まず、上のかつだけをつついている。「どうしたの？ 食欲無いの？」と尋ねると、「だってキミ、コレご飯に酢が入ってるよ」と言う。「まっさかー!? かつ丼だよ！」絶対に舌がイカレたな。と思って、あとで容器の裏の成分表をよく見たら「アスコルビン酸（ビタミンC）」が含まれていた。ご飯を傷みにくくするためだ。

人は嫌いな物にほど敏感になるが、これには舌を巻いた。

妹と私は「味の素」のことを父の〝命の粉〟と呼んでいた。なんでも東工大の先輩にあたる人が開発に携わったということで、発売当初から〝信奉〟していた。おひたしにもかける。揚げ物にもかける。梅干しなどまっ白の雪山のようになるまでかける（挿画は大げさではない。真実だ！）。食通と称される人達は「味の素」を味覚音痴になると毛嫌いするが、父は「これは純粋なうま味成分を抽出しただけだ」と、まったく耳を貸さなかった。私も「いくらなんでもかけ過ぎだよ！ 甘い物好きだからって、梅干しに砂糖かけるヤツいないだろ？」と抗議したが、ある地方ではホントに梅干しに砂糖をかけていた。

甘い物好きが、砂糖壺を目の前にすると、つい指をつっ込んで舐《な》めてしまうように、単に父は「味の素」味が大好き！ だったのだと思う……そう思うことにした。

梅干し in 味の素
with
しょうゆ

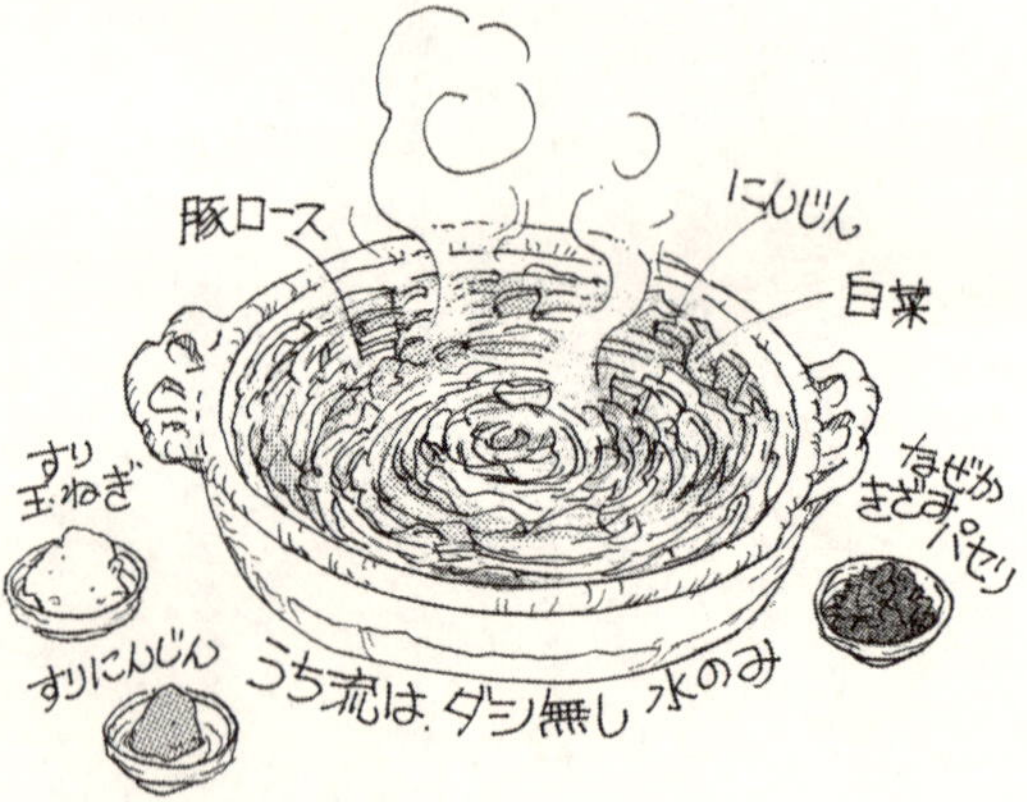
豚ロース
にんじん
白菜
すり
玉ねぎ
なぜか
きざみパセリ
すりにんじん
うち流は、ダシ無し 水のみ

衣揚げ

豚ロース鍋のこと

食欲はたいへん小ぢんまりしてきたのに、いまでもテレビの食べ物番組はよく見ている。最近も衰えず話題にされるのは、中華そばの名店といった話である。味だけは負けないぞと、大小さまざまな店が登場する。小さな中華そば屋さんの若い店主が趣向をこらして、いいだし味をあみだしたことで、客が店前で行列をつくっている映像などが出てくると、そうだ頑張れ、味の世界は無限で多様だ、と応援したくなる。

一方で、だし汁の味だけでそれほどの勝負ができるものなのかなとも思えてくる。そうなると、応援の声もしぼんでくる。素晴らしい中華そばの味を知っている友人が、たまたま通りかかったふりをして、名店に案内してくれたら、そうしたわたしの味へのおびえはたちまち消える気がするのだが。

壮年のころ、「クック」という料理雑誌から自分でつくることができる家庭料理のことをと言われ、家人が考え出し、わたしもときどきつくっていた豚ロース鍋のことを書いた。中華そばの話の店主と同じで味はうまいぞ、うまいぞと他人に告げたくて仕方がなかったが、本当にうまいか、独りよがりかはまったくわからないものだった。

肉屋さんで豚ロースの薄切りを三〜四人分で四〇〇グラム、八百屋さんで白菜一個、玉ねぎ二〜四個を求める。底の浅い平鍋に水だけ入れ、白菜の葉先とお尻の部分を少し削いで、三〜四センチに切り分けたものを入れ、豚ロースの薄切りを白菜の間ごとに挟む。はじめは温和に、終わりに強火で煮て、おろした玉ねぎと醬油につけて食べる。

酒やビールと一緒でも、炊き立ての熱い御飯と一緒でもいい。わたしには絶品だった。残った鍋には味噌を入れて、またぐつぐつ煮込んで豚汁にした。これもまた絶品だった。けれども、この絶品はまったくあてにならない。わたし一人しかそう言わないか、多くてもときどき食べさせられた家族しか言いそうもないからだ。

最初から強火で煮込むと肉が固くなるとか、白菜の葉先とお尻の部分はいさぎよく切り捨てた方がいいとか、玉ねぎのすりおろしの醬油には少量の味醂《みりん》を入れてくださいとか言い出すと、料理の領域に入って、わたしなどの守備範囲を超えてしまうから言わないことにしている。

昨年、亡くなった詩人の清岡卓行さんに、わたしは豚ロース鍋の「記事」をふるまったことがあった。追悼会の日、隣に座っていた清岡さんの詩友那珂太郎さんから小さな声で、清岡さんはときどき、ヨシモト鍋にしようかと言ってたことがありますよと耳打ちのように話してくれた。半世紀近くも会わなかった清岡さんだったが、彼の繊細な気持ちがよく伝わってきて充たされた思いだった。あの豚ロース鍋はわたしの誇れる唯一のつくりものだと、そう思っていいように感じた。こんなことは生涯に一度くらいはあるものなのだ。

白菜ロース鍋論争

この鍋について多く語ることはない。まったくもって父の言う通り、簡単でたいへん美味しい冬の味だ。

白菜・豚ロースの間に短冊切りのニンジンを入れることも多かった。彩りも美しく栄養バランスも良くなる。薬味のすりおろし玉ねぎが必須アイテムだ。これだけは欠かせない。あとは醬油の代わりにポン酢にしようが、ゆずこしょう・かんずり・タバスコ・ラー油を加えようが、何でもお好みだ。「皆様ぜひお試しあれー！」――で、すめば良かったのだが、実はこの美味なる鍋が、我家の物議の元凶となっていた。

文中にもごく軽く「家人が考え出し」とあるが、父が雑誌やインタビューでこの鍋を披露する度に、母は「あれは私が考えたのに、さも自分の発明みたいにエラそうに！」と、たいそうご立腹だった。

しかし母の完全創作料理かと言うと、それもちとアヤシイ気がする。母は食べるという行為に興味が無いどころか、潜在的には嫌悪すら覚えていたのではないかと思う。そんな人がたとえ偶然にせよ、あの絶妙な組み合わせを思いつくだろうか？　さらに〝プロファイリング（？）〟を進めるならば、葉っぱ一枚一枚を洗わなければ気がすまないようなキレイ好きの母だ。ザクッと豪快に丸ごとの白菜に包丁を入れ、形を崩さず鷲《わし》づかみでザッと水を通すだけの洗い方が最も美しく仕上がるあの鍋は、やはり母のキャラクターにはそぐわない。元はどこかの料理本などから仕入れたのだと思う。

でも今となっては、そんなことはどうでもいい。母は料理を食べることも作ることも、まったく愛せなかった。それだけが事実だ。きっと私にとっての、完璧な書類を書くとか、美しく印鑑を捺《お》すとか、一円の間違いもなく帳簿を記す——とかに匹敵する位、絶望的にムリな行為だったのだと思う。

それでも母は、彼女なりに頑張ってくれていた。そこに「病弱な妻に代わって家事を引き受ける、大衆に寄りそった思想家吉本」的、分かりやすい構図が、買い物カゴをぶら下げた姿で周知となってしまったことが、〝はらわた煮えまくりポイント〟となったのだろう。

後年も白菜ロース鍋が食卓に上る度、私の胸はチクリと痛み、母は病気を再発したこともあり、ますます食欲が落ち、ほとんど鍋に箸をつけることはなくなった。

かき揚げ汁の話

子供がまだ中学生頃のこと。近所においしいかき揚げ丼を昼間だけ食べさせる店があるよ、という話が出た。客の目の前で、かき揚げ天を揚げてくれて、その場でほかほかに炊き上げた丼飯にのせてくれる。ただ、限定つきだから、時間に外れると駄目だよと言う。聞いていると、いかにもおいしそうなので、いつか食べてみようと思い、近所の病院にお見舞いに行ったついでに、二、三度入ったことがある。美味だったが、時間合わせが大変なので、なかなか機会に恵まれなかった。

お前は揚げ物でさえあれば、何でも美味なのだろうと言われると、たしかにその気味があるが、それでも目の前で揚げて、目の前で丼をつくってくれる新鮮さはかけがえのないものだったように思える。

これは、わたし自身が中学生頃の話のための序論だ。母親が時々つくってくれた〝かき揚げ汁〟と呼んだらいい「おかず」があったのだ。母が自分で揚げてくれるときも、既製の天ぷらを買ってくるときもあった。それを天ぷらのだしよりも薄く、醬油主体のおつゆよりも濃い、微妙な濃さの汁に入れて、煮くずれしない程度に煮込んだものを、あたたかい御飯に好きなだけかけて食べるのだ。母親はさぞかし、汁の味や濃さに気をつかったにちがいない。わたしたち子供には美味で食事がすすみ、よく母にねだったものだ。

わたしは大人になってから、少年のとき、うまいと思ったおかずを、炊事当番のとき、つくってみる癖がある。だが、このかき揚げ汁に限っては、そんな記憶がない。なぜかといえば、もし家族の誰かが揚げ物を好かなかったら、はじめから成り立たないからだろう。とくに父母の郷里の九州地方の味は、一般に濃い気がする。これは味噌汁やそのほかの味付けでもそう感じる。わたしの現在の世帯は東京で、薄いのが普通だ。わたしでもそのくらいのことは心配りをして、頭をはたらかせているらしい。

少なくとも、少年期や少女期は食べ物についていえば、二度やってくる気がしている。一度は父母の味付けをうまいうまいと信じて食べる者として。もう一度は、自分たちの子供時代に味わった食べ物の味がほんとうだったのか、なつかしさをたしかめる者として。この二度やってくる少年期、少女期が風俗や習慣のちがった地域ごとに輪になって残るにちがいない。

わたしは、この二度の少年期、少女期が味覚の未来を決めていくような気がしてならない。自分の意識としては、過去ばかり振り返るのは好きではないが、味覚そのものはどうつくられ、他人や地域でどうちがってくるのかという段になると、一筋縄ではいかない気になる。やがて科学は、内分泌やホルモンの量や質から、味覚についての説明ができるようになるかもしれない。けれど、二度の少年期、少女期の役割は、それとは別の次元ではないかと、わたしは思っている。

恐怖の父の味

もう閉店してしまったので実名をあげるが、それは千駄木・団子坂下の「てる丼」のかき揚げ丼だ。

私はとうとう一度も食べる機会にめぐまれずに終わってしまった。というのも、私自身が長いこと天ぷらというものに〝愛〟が無く、積極的に攻めなかったのが一因だと思う。自分で天ぷらを揚げるようになって初めて、いただいた山菜などをさらっとした衣で揚げて、アツアツサクサクを食べるヨロコビを知った。

「谷中銀座」などで知られる〝谷根千《やねせん》〟あたりは惣菜屋さんが充実していて、「揚げ物は買うもの」という考えが浸透していたように思える。実際母に至っては、揚げ物を呪ってさえいたので、当然台所で揚げている姿は記憶に無い。

コロッケやかつの類も、すべて買うものだった。谷中銀座の「夕やけだんだん」（当時はこんな名前はついていなかったが）下の、今も営業しているかつ屋さんで、父はよく串かつを揚げてもらって買って帰った。私も背の高いカウンターの椅子で、足をぶらぶらさせながら串かつが揚がるのを待っていた。

それでも持ち帰り用の揚げ物は衣がぶ厚く、家の食卓に上がる頃には衣に油の味がまわって、揚げたての味には遠く及ばなかった。私が長らく揚げ物を愛せなかったのは、これが原因だと思う。

今の本駒込の家に越してきて数年後の一九八〇年代半ば頃だったろうか、数年間父が朝食から晩までの、オール炊事当番をやった時期がある。その時の父の料理はデンジャーだった。〝かき揚げ汁〟なんて上品な話ではない。タガがはずれたように〝実験料理〟の連続だった。自分が納得いくまで毎日連続する、試行錯誤・正体不明の揚げ物三昧《ざんまい》。中でも最悪だったのが、青ねぎの混じった小判型のぶよっとした揚げ物。それが大皿に山盛りになっている。醬油かソースをかけて食べるのだが、嚙むとじゅわっと使い古された油がにじみ出てくる。具はどこにあるのかと分解してみても見あたらない。すべてが〝衣〟だ。それは小麦粉と卵を練った生地に刻んだ青ねぎを混ぜ、低温でジブジブと揚げた〝衣揚げ〟だった。

食べることが嫌いだった母があずかる我家の台所に、〝お袋の味〟は存在しない。代わりに思い出すだけで「ゔっ」と、こみ上げてくる父親の味があるだけだ。

大福もちの記憶

老齢の目印でいちばんわかりやすいのは、昨日の夕御飯のおかずは何だった？　と聞かれても忘れてしまっているのに、はるか昔の印象深かったことは鮮やかに思い浮かんでくることだ。近所の女の子たちが、ゆっくりと輪になって回りながら歌っていた童謡の断片。

まわせばくるくる　日和かさ
柳につばめの絵がまわる
月の五日は御縁日

あの山こえて詣りましょ

なぜかこの切れっ端だけは、ときとして鮮やかに浮かんでくる。姉の顔と一緒に近所の女の子たちの姿も。

思い起こすことは、まだある。これは「大福もち」の味なんだなと、独り言をともなうときがあるのだ。このごろは、眼が不自由で自転車に乗れなくなり、出かけることも少なくなったが、かつて何度も出かけた巣鴨の地蔵通りのことを、私は内緒で「老人銀座」と呼んでいる。

お地蔵さん詣りのお年寄りたちが賑やかに愉しそうに歩いている姿を見ながら、私は「塩大福」をよく買って帰った。また、通りの飲食店に入って、お茶と塩大福、くず餅をお年寄りの中に混じって注文し、のんびりと休みながら食べたこともたびたびある。席を取っているお年寄りたちが、のんびりとした気分で誘ってくれるからだと思う。

若い女の人と同席すると、いくらごまかそうとしても、どこかで固く、ぎこちなくなってしまう。私がもてないのは、そのせいだと青春期以後ひそかに思っていて、お年寄りのほうが気楽にふるまえる。「老人銀座」は塩大福も好きだったが、そんなことも馴染み深さにつながっていたのかもしれない。

もうひとつ思い起こすのは、母の故郷である熊本県天草島の毎年の風習で、つきたての餅に砂糖あんと塩あんの二種類を内に包み込む大福もちだ。
十五、六歳の頃まで、東京でも私たち男兄弟がつき役で、母親たち女性がまるめ役でもちをついていた。新年が過ぎて、火鉢で焼かないと食べられないほどかたくなった頃に、塩あんを包み込んだ焼き大福は思いもかけないほどおいしく、鮮明に思い出された。この味の思い出は、そのまま「老人銀座」の塩大福へと記憶がつながっているのだと思う。

いまは自分が老人になったのに、むしろまれにしか巣鴨の「老人銀座」に行かなく（行けなく）なったのは、眼が衰えて、他人をひきそうで、怖くなったからだ。地蔵通りの光景を思い起こして「塩大福」と老人たちの賑わいがなつかしくなるときがあるが、「タクシーをひろって大福を食べに行こう！」が、空念仏より切実になったら、また出かけようと思っている。

塩梅

（もう聞きあきたと思うが）当然のことながら母は甘い物も嫌いだった。

　歴史の勉強会の旅行で奈良に行った時、皆は三笠だの宇治金時あんみつなどを注文する中、母はところてんを頼んだら、なんと黒蜜が付いてきたと怒っていた。そう、ところてんは関東では酢醬油とからしがスタンダードだが、関西では油断すると黒蜜が付いてくるのだ。

　私が幼稚園の頃、上野御徒町の駅裏に住んでいたことがある。私は「永不二《ながふじ》」のホットケーキが大好きで、毎日のように連れて行ってもらった。甘い物嫌いの母も〝研究〟して、家で何度かホットケーキを焼いてくれたことがある。しかし当時はホットケーキ・ミックスはおろか、お菓子用のベーキングパウダーも無く、重曹を入れただけの生地はうまくふくらまず、甘い〝お好み焼き〟のようだった。あべかわ餅も、数少ない家庭の甘味だった。焼き餅を湯にくぐらせ、それにきな粉・砂糖・ひとつまみの塩を混ぜたものをまぶしただけだが、塩大福同様ちょっぴりの〝塩〟が重要だ。母はお汁粉も（記憶が正しければ）数回作ってくれたことがある。

これも少量の塩を入れると味が引きしまる。母は自分が食べないので塩加減に自信がないのか、必ず私に「これでいいかしら？」と試食をさせた。「いいんじゃない」と、てきとうに答えると不機嫌になるので、「う〜ん、あともうちょいかな？」などと言っている内に、とんでもなくしょっぱいお汁粉になってしまった思い出もある。

子供はもちろん甘い物が大好きだ。五十年前、お菓子の種類は今とは比べものにならないほど限られていたし、私はどちらかというと食が細く、甘い物を禁止された覚えはない。むしろ（何でも）食べれば誉められた。それでも子供は母親の心の動きに敏感なのだ。お客さんのおみやげに、母が「うわっ！　虎屋の羊かんだ（オーマイ・ガッ！　の意味で）」と反応したり、父が和菓子を何個も口に運ぶのを「うんざり」な表情でながめているのを見て育つ内に、私も甘い物が愛せなくなっていた。今は美味しいお菓子はちゃんと美味しいと感じられるが、特に〝愛〟は無い。

巣鴨の塩大福を父に買って帰ることがよくあった。一個では申し訳ないので三個買う。一個は父が食べ、母は食べないので一個は冷凍しておく（そしてたいがいそのまま忘れる）。私は中身のあんこを三分の二ほど捨ててから、まわりだけを食べる。それがちょうどいい〝塩梅〟だ。

食欲物語

　三十歳を数年すぎた頃、大学病院の老人科という珍しい内科で、糖尿病と言えるね、と宣告された。質問すると、血糖値三〇〇台だから重症と言えるね、栄養士のところで食事のチェックをしてもらってと、事は始まった。

　まず一週間の食事を書き出して来なさいと言う。嘘をついても仕方がないので、毎日の食事を書き出して持って行った。これは脂肪が多い、これは野菜が少ないから始まって、若い女性の栄養士は容赦なくチェックして、さらに一週間の食事の書き出しを命じた。私は二度のチェックを受け、カロリーの低減を促されたわけだ。

私は考えた。これほどつらい食べ物の制限に耐えることは、もっとつらいことを同時にやればいいのではないかと。この発想は「共感共苦」で飢えた戦中派の敗戦前後の体験の実感からきている。

私は食事のカロリー制限と同時に、一日四十本から六十本も吸っていたタバコをやめた。それまでに何遍も禁煙を試みたが成功しなかった。禁煙よりもつらいものはないはずだと思ったのだ。私がいかに食事制限の指示と糖尿病宣告にショックを受けたかが、このことでもわかる。

私は見る見る痩せていき、元気も衰えていった。おまけにあれほどつらかった禁煙は三ヶ月くらいで実現できたのだが、食事制限で血糖値一〇〇以下の正常値を実現するのは遂に不可能だった。

私のように「食欲中毒（過多）」が主症状で、ほかに内臓の病気がないようなインシュリン分泌障害からくる糖尿病になっても、精神にくい込むようなショックを受けるきまじめさは持たないほうがいいと思う。

私の場合、家人や医者に内緒で違反が始まった。空腹感が始まると、文京区団子坂下と上野広小路の間で、あそこの「かき揚げ丼」はうまかったとか、あそこの「鶏ひと口カツ」は絶品だったとかのイメージがチラついてくる。私は追い立てられるように外出して食べるようになった。

医者は血糖値の上がり具合から、家人は正規の食事の食べ具合から察知するらしいのだが、老練なほど黙っていて、さり気なく注意する。こちらも、そうか食欲を我慢して違反しないで済ますのはほとんど不可能に近いのだなと納得する。こうなってくると、狐と狸の化かし合いみたいで、少しでも深刻な気分にならないようにと懸念して、うまくやっていますからご心配なくという言葉と、あまり心配をかけないでくださいよ、というのが日常の挨拶になってくる。これは、きっと生活習慣病の通例なのかもしれないと思った。

個人としての一生涯という長期でみると、食欲中毒は勢いを失うが、逆に仕事の心労中毒が主役となって、血糖値を増大させる。その理由はいくら考えても、いまのところ素人の私にはわからない。たぶん専門家の力量の見せどころなのだ。

落ちていたレシート

　私が大学で京都に行き、家を離れていた数年間の〝食べる父と止める母〟との戦いは、熾烈《しれつ》を極めたものだったらしい（いなくて良かった〜！）。

　結果父の血糖値はものすごいこととなり（空腹時でも二〇〇を切らなかった）、今の本駒込に引っ越して家も落ち着いた頃、母が「食事はすべて私が管理する！」と宣言した。

　しかし完璧主義の母のことだ。それは常軌を逸していた。例えば〝白身魚のホイル焼き〟を作るのに、タラ一切（一二〇g）一一五kcal・にんじん三切（二〇g）六・四kcal・もやし（三〇g）〇・〇六kcal・玉ねぎ（二〇g）六・九kcal・しいたけ一個〇kcal＋バター（一〇g）七二kcal——合計二〇〇・三六kcal——という具合に、揚げ物ならパン粉の油の吸収率まで計算されていた。主菜のカロリーが高めなら、ご飯の量を減らして調整する。おやつも含め一日一八〇〇kcal。それ以外でどうしてもお腹がすいた時のため、冷蔵庫には千切りのキャベツや薄味のひじき煮などが、大きなタッパに詰められ常備されていた。これにはさすがに私も、父への同情を禁じ得なかった。長続きするはずがないことは目に見えていた。母は計算済みのメニューパターンを記入したカードを二十枚ほど作り、「その通りに作れ」と、次第に私にお鉢が回ってくることが多くなった。

しかし悪い時にも必ず良い側面はあるもので、この時期の経験から私は栄養士並みのカロリー計算ができるようになった。例えば標準的コロッケ一個、約一三〇kcalを七、八割まで落として作ることもできるし、逆に二倍近くのカロリーにすることもできる。とても役立つ。夫がいれば、生かすも殺すもお手のものという訳だ。もちろんこの生活はほどなく破綻した。

ある日キッチンにレシートが落ちていた。「上野精養軒ビアガーデン」生ビール1・ミックスピザ1・焼き鳥1・フライドポテト1。「凮月堂《ふうげつどう》」生ビール1・豆腐グラタン1・スペシャルサンド1――といった具合だった。いずれも一名様。レシートには父の夕方の散歩の時間帯が記されていた。この〝間食〟だけで、一日の総摂取カロリーを超えている。

キャバクラのマッチが落ちているより恐ろしい結末となった。当然のことながら母はブチ切れ、その後一切の炊事を放棄し、以後二度と台所に立つことは無かった。

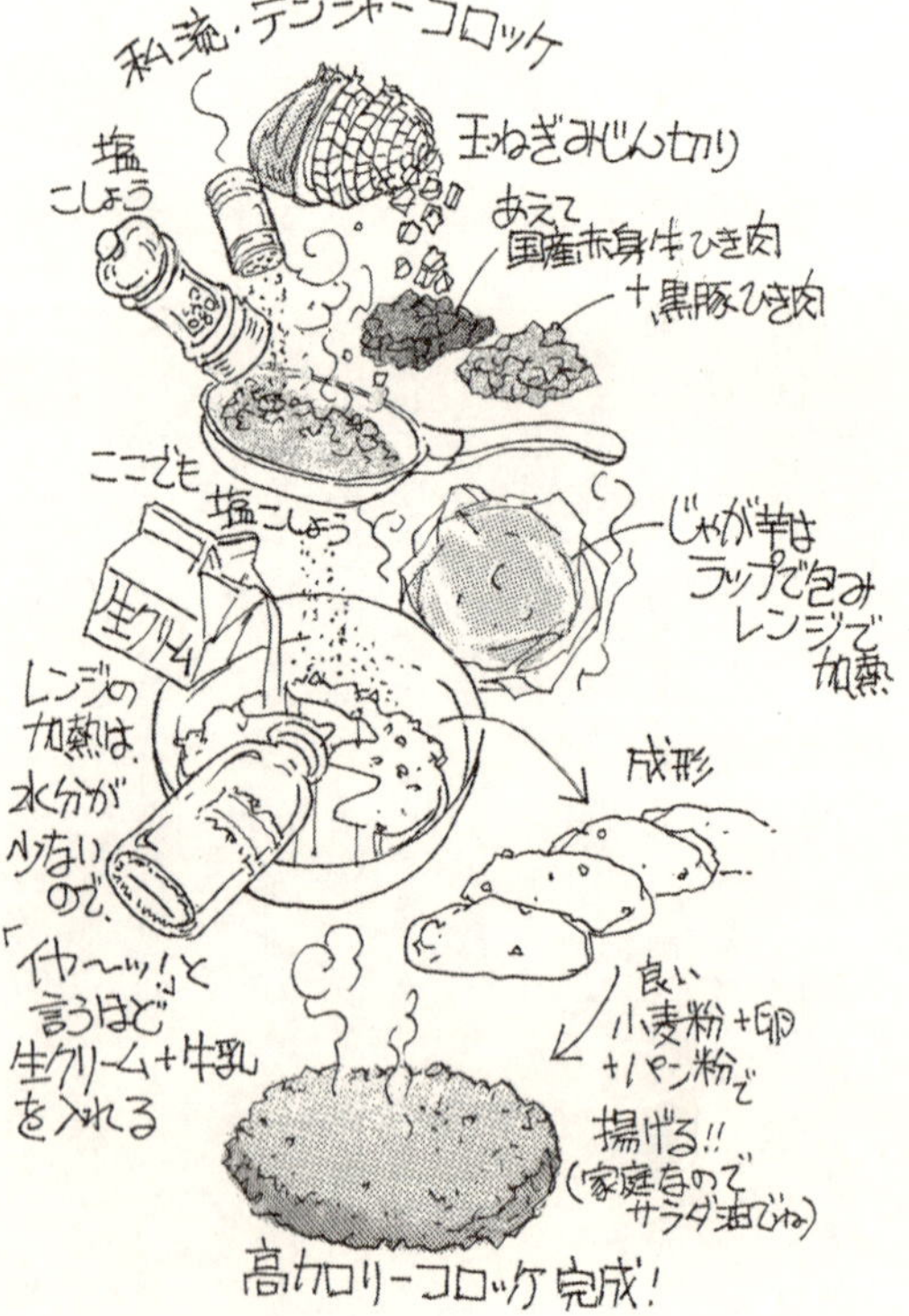
私流・デンジャーコロッケ
玉ねぎみじん切り
塩
こしょう
あえて
国産赤身牛ひき肉
＋黒豚ひき肉
ここでも
塩こしょう
じゃが芋は
ラップで包み
レンジで
加熱
生クリーム
レンジの
加熱は、
水分が
少ない
ので、
「イヤ〜ッ!」と
言うほど
生クリーム＋牛乳
を入れる
成形
良い
小麦粉＋卵
＋パン粉で
揚げる!!
(家庭なので
サラダ油でね)
高カロリーコロッケ完成!

ぼてぼて茶 完成品…♪

老人銀座と塩大福

十年振りくらいになるだろうか。

とうとう、念願かなって、巣鴨の地蔵通り（私の言うところの「老人銀座」）に連れていってもらった。発案はたぶん、家人と私も足腰がおっくうになっているのを、家族が慰安するために談合した結果だろうと思う。

老人銀座はまったくの予想通り、一人歩きの老人、二人連れの老人、がやがやと近所付き合いの老人の群れなどで混み合って、ゆったりと動いていた。

私は先に着いているはずの家人のところまで、車椅子に乗ったまま、ひざの間に孫殿を抱いて、塩大福を一緒に食べながら老人たちの流れにのって移動していった。

快適だった。私は塩大福にご満悦なのに、食べ始めると、甘味のかわりに塩気のまじった甘さがやってくることをおいしく感じていない孫殿が気の毒になる。

またの日、祖父の散歩の慣例であった新佃島と深川越中島を結ぶ相生中之島で、祖父と二人で食べた内緒の甘い薄皮まんじゅうのことも、ついでに思い出した。

通りをうずめるようなお年寄りの群れは、身体と気分の調子がいいとき、築地の本願寺に連れ立っていった祖父母のイメージに集約された。「そうか、こういうことか」と、なんとなく合点する。

「回顧的になるのはよくないよ」などと、他者にはよく口にしているくせに、老人たちであふれている地蔵通りでは、けっこう手放しで回顧的になっている。

私が塩大福を愛好するようになったのは、老齢化してからではない。また、糖尿病の気が発見されたからでもない。もっと以前、家の餅つきを、たぶん故郷の慣例で担当し、そのおいしさを知ったからだ。

手作りの塩大福に関しては、いちばんおいしい時期も知っているつもりだ。つきたてよりも数週間あと、そろそろ外皮が固くなり始めたころ、周囲に焼き焦げができるくらいに焼き、中身の塩あんがほかほかに熱くなったときに食べると、いちばんおいしいのだ。

これはたぶん、老若男女の別なしだ。このときばかりは、孫殿も甘味のあんよりも塩あんがおいしいにちがいない。「それはおまえの勝手な好みだ」と言われても、そうじゃないと言い張りそうな勢いはある。でも、すこぶる当てにはならないこともたしかだ。

糖尿病の私は、低血糖で足腰が動かず、大声で家人を呼ぶという体験を何回かやったことがある。私における低血糖の前兆は、極度の飢渇感だ。

子供のころ、学校から帰るとカバンを放り出して遊びに出かけ、お腹がすいたからと、母親におにぎりをつくってもらって食べた。あのころの、おにぎりへの欲求が、老齢の低血糖の兆候と同じなのである。

私はこのことを発見して以来、なにかが頭の中でわかったとともに、低血糖を少し軽くみるようになっている。

「老人銀座」の夕暮れ

〝お年寄りの原宿〟とも言われる「老人銀座」こと巣鴨の地蔵通りは、そのまま庚《こう》申塚《しんづか》通りまで続く一キロほどの旧中山道だ。

妹と私は、板橋と豊島の高校に通っていたので、文京区から一〇キロ以上遠く離れた学校まで、最短距離となるこの道を自転車でぶっ飛ばしたことが何度もある。国道17号の裏道なので、さほど交通量もなく街道特有の大きな商家が目を引く、スピードの出しやすい快適な道だった。当時「とげ抜き地蔵」周辺にはお参りのご老人は多かったが、現在ほどの賑わいはなかった。今ここを自転車でぶっ飛ばしたなら、確実にお年寄りをひき殺すことになるだろう。

その後、あれよあれよという間にお年寄り好みの店が出現していった。地方の珍味の出店・甘味処・漬物屋・小物屋・健康食品店——そこを自転車を押しながら、ぶらぶら歩くのは、原宿の竹下通りを歩くよりも愉しいと感じるのは、たぶん私も〝お年寄り〟の域に入ったからなのだろう。

数年前、妹一家が父母を車に乗せ「老人銀座」ツアーに出かけた。

母はまだ骨折前だったので、支えればかろうじて一人で歩けたが、父は車椅子だった。その頃もうすでに、父の眼はあまり見えなかったと思う。父は車椅子の膝に孫を乗せながら、塩大福を買い食いした。孫の方はというと、あまり大福には興味を示さなかった。今時のお子様は、あんこ味は好みではないのだ。

見えなくても歩けなくても、父は愉しげに見えた。立ち寄った喫茶店のオープンテラスで、それぞれアイスコーヒーやビールを飲み、私たちは皆愉しかった。気持ちの良い初夏の夕方のいい思い出となった。

思い出づくりは、じぃじやばぁばのためなのだろうか――と、考えることがある。本当は私たち子供世代が、あと数えるほどしかない父・母との思い出を作りたかったのではないだろうか。もちろんその場でのじぃじやばぁばは楽しんでくれるが、翌日再び見えない歩けない閉塞的な日常に戻れば、昨日の記憶は消える。自由にならない身体をかかえた老人は、一日を生きるだけでへとへとに疲れる。日々重荷を忘却の川に捨てていく。

でも確かに私たちはもらった。「老人銀座」の初夏の夕暮れの空気を忘れない。

無理して時間をさいて〝してあげた〟つもりでも、最後まで子供は親からあたえられているのかもしれない。

酒の話

地方の旧制高工（高等工業学校）に入ったときが、飲み始めだった。寮には毎晩のように酔った上級生が三、四人、一升瓶をぶら下げて新入生をたたき起こしにきた。一堂に集めては、自分でもわからないにちがいないお説教を聞かせながら、回し飲みの一升瓶を強要する。新入生はかしこまって、ひと口飲んでは次に回す。ときには、そのような上級生が一晩に何組もやってくる。これが一週間くらいつづくと、なんとなく酒が飲めるようになっていた。

その習慣をやめさせようと、モダンな学長は夜半にマントを着て寮を廻っていたが、上級生はその隙をついて、ストームと称して繰り返しやってきた。学長は、親元を離れた新入生が上級生にいじめられてはかわいそうだと思ってやってくるのだが、上級生は自分の体験から、やはり親元を離れてこんな寒くて侘《わび》しい場所にやってきた新入生の慰問のつもりで酒をふるまいにくるわけだ。

かくて、ひとかどの酒飲みの怠け学生ができあがる。酒飲み特有の失敗談も繰り返し、酒豪と対等に付き合うにはどうすべきかなど、さまざまなことを覚えたり教えられたりして、実際に役立つことも多かった。

夏休みの初め、しばらくお別れと、二、三人の仲間と郊外の農家から濁酒《どぶろく》を買ってきて飲んだ。甘口で、皆いい気分に酔ったが、私は調子にのって量を気にしなかったせいで、もうろうとなり、つぎに七転八倒が誇張でないほど苦しくなって、「こんなに苦しいのなら死んだほうがましだ」と、心中つぶやきながら、意識不明でそのまま寝込んでしまった。これくらいの話は無難な失敗談に属する。

さて、夏休みも終えて、いつものように一室に集って帰郷中のみやげ話になったら、私よりもひどい濁酒の飲み方をやった寮の名物男の失敗談を聞かされた。仙台よりも少し北にある古川の出身者だったと思う。のんびりと徒歩旅行で帰郷する途中、いい気分になって濁酒を飲んだら、私と同じように七転八倒したという話だ。

家に着いたら母親が、「お前、いま帰ったのかえ」と言う。おかしなことを言うと思って、「どうしたんや」と聞くと、「夕べ、お前がとんとんと二階から階段を降りてくるので、もう帰ってると思っていた」と母親は言った。その時間を訊ねると、彼が七転八倒していた時間と一致したとか。

あまりにも名調子でその話をするので、私たちはそれを事実譚だと信じて、しぃーんとなって聞き入った。もしかすると、名調子にのせられたのかなとも思ったが、いい母親だなということで、その話を信じたわけだ。私の耳には母親が聞いたという「とんとん」という彼の声色が現在でも耳に残っている。万事に積極的で人気者だった彼はいま、どうしているだろう。相変わらず、元気でいてほしいと願う。

私は現在ではコップ一杯のビールで、もう顔が真っ赤になってしまうくらいだ。

酒飲みのつぶやき

最近、新入生歓迎コンパや学園祭で、急性アルコール中毒で救急搬送されたり、最悪死亡する学生も出たりして、大学側も訴訟沙汰やマスコミを恐れるのだろう。姑息にも（とりあえず）学園祭などの校内での飲酒を禁止するケースが増えてきたという。学生側も学生側だ。選挙権もあるオトナ（？）が、お子ちゃま扱いされて、なぜ黙って従うのだろう。私だったら暴れる。〃立看板〃作って抗議する。

おそらく父の時代だって、バカ飲みで死んだ学生はいただろう。必死で勉強し、親だって学費を稼いだりして、りっぱな大学に入れたのにこの始末では、泣くに泣けない情けない思いをしたにちがいない。しかしそれでも、親が大学や飲ませた先輩を訴えたりするのは御門《おかど》違いだ。

酒でひどい目にあってみれば、飲めない人間も酒の席での自分の〃方針〃を見極めることができるはずだ。飲めるようになるまで付き合うか、気付かれないよう吐いたり薄めたり〃お酌上手〃になってごまかすか、きっぱり断れる人になるか——すると今度は先輩の度量が問われることとなる。「俺の酒が飲めねえのか！」ときても、単にへべれけになりやすいだけの人なのか、本当に狭量な人間なのか、学生時代の酒席はけっこう自分を知り、人を見て距離を会得する良い〟お勉強〟となる。

かく言う私は、さすがに最近酒量は減ったし（誰も信じてくれないが）、胃腸が弱いのでセーブしている（つもりだ）。かなり飲んでも多少エロ話が増える程度だが、記憶がぶっ飛んだことも無いし、ぐだぐだでもやるべき家事はすべて終えてから寝る。

しかし血液検査の値はヒサンだ。γ-GTP・尿酸値・中性脂肪・コレステロールなど、口の悪い内科の主治医からは、「ほう……女だてらにこの数値ですか」「この数値だけを研修医に見せて、どんな人間を想像するか？　と聞いたら、全員が大酒飲みでメタボな中年のおやじだと答えますね」と、ボロクソだ。

楽しいから飲んでいる。でも、いつだってやめられるさ——なんて決して言えない。父の〟食欲中毒〟同様、りっぱな〟アルコール中毒〟だと自覚している。幸い胃腸の弱さゆえメチャメチャな大酒は飲めないので、身体や人生を破滅させることにはなりそうもないが、父同様一生コントロールを心掛けねばならない〟成人病〟だと思っている。

海苔のこと

ふつうは海苔は三つにわけられている。

漁師さんたちが海苔ひびを田んぼのうねのように並列に張って、銅色の高級海苔を養殖している「海苔畑の海苔」と、防波堤の岩のくずれに付着する緑色の細い「青海苔」と、磯のあたりに漂う幅の広い「石蓴《あおさ》」とである。

子供のころ、葛西で海苔を獲って遊んだことがある。

漁師さんは海苔ひびを浅い砂地に植え込み、胞子をつけて養殖し、ときどきその間をべか舟と呼ばれる細身の小さな舟で見廻る。私たち子供は、その周りにせいご（すずきの子）やぼらの子、砂地にははぜが集まるので、釣り糸を垂れる。父たち大人はもっぱら防波堤の岩などに生える緑色の青海苔を獲っている。そして子供たちに手伝わせる。海辺の遊びで、潮干狩りや泳ぎも兼ねていて、なんとも愉しかった。父や兄たちは、故郷である天草での遊びを思い出しているように思えた。私のような東京生まれの子供は、玄人じみた珍しい遊びに興味をかられて飽きなかった。

獲れた青海苔は、小魚と一緒に母親や姉たちに渡される。獲れた青海苔を何度も何度も水洗いして、その緑色の青海苔を晴れた日は外で、夜は部屋の中で干して乾かす。家の前や部屋の中に張り巡らされた青海苔で、その期間は部屋の中が香ばしい香りでいっぱいになって愉しみだった。

食べ方はふたつあった。ひとつは水洗いをよくしたうえで、砂糖と醬油と味の素で煮込み、ごはんにのせて食べる。もうひとつは、火鉢の上に包装紙のような少し厚い紙をかざし、干した青海苔をその上でもみほぐせるまで炙り、ごはんにかけて食べる。ぴりっとした青海苔の味が舌にひびいてこたえられない。びんに詰めたふりかけ海苔とは比べ物にならないほど味も香りも新鮮なのだ。

船大工だった父は、舟造りの仕事が半分隠居になってからも釣り舟のような小さな和舟を残していて、この種の半分玄人じみた遊びに子供たちや近所の大人たちを連れ出した。故郷の子供のころを思い出していたのかもしれない。子供たちや近所の人に海の半玄人的な遊びを披露したかったのかもしれない。もしかしたら、下町のごみごみした空気をときどき、まだ澄んでいた空気で癒したかったのかもしれない。

旧制の高工時代や学徒動員時代、私は意図して地域の自然に入り込み、学業は教授たちを失望させる怠け学生に終始したが、山国と雪国の自然の寒さに震え上がりながらも、愉しんだ。これがなかったら東京の下町のよさだけしか身につかなかったに違いない。

人間は誰も運命の子だが、悲観も愉しさもそのなかに含まれていることを生身の父母から子供時代に身につけさせてもらったと思う。それ以上のことはいらない。けれど、省みて、私は子供にも、行きずりで出会った人にも何も与えてあげられないできた気がして、恥ずかしい思いがする。

天草の青海苔

毎夏家族で行っていた西伊豆で、宿の近くの飲み屋の女将さんが、「とんとん芽」というものをタッパいっぱいくれた。刻んだ切り昆布のような海草で、おろし生姜をちょっと乗せ醤油をかけてかき混ぜると、納豆のようなねばねばが出る。それをご飯にかけて食べると、とても美味しい。

宿の若旦那も「とんとん芽」をよく知っていた。「とんとん芽」は三月になると、町の一、二キロ南の石ころだらけの海岸に打ち寄せられるそうだ。それを拾って洗い、細かく刻んで冷凍しておくのが、この町の人たちの早春の愉しみなのだという。また天候や風向き、波の具合によって、自分だけの〝とんとん芽スポット〟を握っているのも、ちょっとした自慢らしい。都会育ちの私にとっては、うらやましい話だ。

「とんとん芽」は何なのだろう？　と考える。あの海岸に三月吹きつける風は北西風だ。形状からすると、砂地に生える細長い「アマモ」に似ている。沖合いの海底のアマモの芽が、波風で転がり打ち寄せられるのだろうか？　でも正体なんて何でもいい。美味しいし愉しい、町の人たちだけの風物詩なのだから。

妹一家と、父のルーツをたどりに天草に行った時、妹がちょっと洒落た宿をとってくれた。部屋は二階建てのコテージで、かなりの趣味人が〝食〟も含め全体像を構築したと思われる。造った粋人の脳ミソの中にいるような宿だった。

私は「朝っぱらからメシ食えねーよー」な生活をしている〝夜から人間〟なのだが、ここの朝食には目がさめた。京都の懐石旅館のような気取ったものではなく、ひじき煮やうずら豆の小鉢など、あたりまえの物をていねいに、細心の気を使って作っているのが分かった。中でも〝青海苔あん〟には意表をつかれた。生の青海苔をさっと湯がいて氷水で色止めする。くせのない醬油味のお出汁に入れてひと煮立ち。それにとろみをつけたあったかい〝あん〟をご飯にかけて食べる。それだけだが、作る過程での数秒単位の狂いで、海苔の風味がとんだり、水が出たり、でんぷん味が残ったりしてしまうはずだ。雑味なく青海苔の風味だけを愉しめる、単純にして洗練された味だった。また、こうして青海苔をご飯にかける食べ方も、ありそうで出会ったことがない。父の文中にもあるが〝ごはんにのせて食べる〟のは天草発なのだろうか。

作ってみたくなったが、新鮮な生の青海苔など手に入らない東京では、かないそうもない。

甘味の不思議

塩味も謎が多い気がするが、甘味も私には謎が多い。老齢になってからは、医者から高血糖よりも、低血糖に気をつけなさいよと注意されるようになった。そして、あるときから思い当たったことがある。血糖値が平常値よりも低くなると、子供のときと同じような空腹感に襲われるのだ。

小学校から帰って、すぐにカバンを放り出し、母親のお使いの声もかからぬうちに原っぱや近所の路地の迷路に遊びに出かけ、夕暮れまで戻らない。空腹感で夕飯まで待てず、母親にせがんで塩おにぎりをつくってもらい、夕飯の直前なのに食べて腹を満たす。いつもその繰り返し。そのときの空腹感が老齢期の低血糖に似ていることがわかったのだ。

それから、その状態が低血糖の目印になった。老齢では足腰も動きにくくなるので、子供を大声で呼び込み、甘いものを持ってきてもらう。甘いジュース、飴玉、砂糖水などを口に入れてしばらくすると元に戻り、身体の動きもよくなってくる。しかし、とうとう究極の失敗の日がきた。

いつもの低血糖の症状がおそい夕食前にやってきたので、甘いジュースを口に流し込んだ。しばらくすると元の状態に戻った。お腹ががぶがぶの状態になり、どうやら夕食のおかゆは入りそうにない。夕食直前のインシュリン注射は済ませていたので、そのまま寝てしまった。

私はそれきり眼が覚めなかった。これから先のことは私が事後に聴いたことだ。

子供（長女）が気にして、部屋をのぞいて声をかけても、私が返事もしない。呼んでも身体をゆすっても起きない。愕然《がくぜん》として、いつも診察を受けている病院の救急に電話をかけて、担架で運んでもらった（そうだ）。

そのとき、私は闇の中の小さな空間にいた。板張りの格子のようなもので区切られていた。天井からは二本の黒いひもが垂れている。ここはどこだかわからない。板の格子からこっちが「こちら側」で、その先が「あちら側」なのかどうかもわからない。以前に溺れたときのような、まだ「こちら側」だという感覚はなかった。すでに「あちら側」にいるのだと思えた。

そのうち、格子の外側から男の話し声が聞こえてきた。女の声で苗字を呼びかけられた。子供の聞き慣れた声も聞こえはじめた。大声で返事をしたつもりでも、はっきりと声にはならなかった。それが自分でもわかるようになってきた。八月十三日、夜の十二時ころから午前三時ころまでの出来事である。

この騒ぎで、救急のお医者さんや看護婦さん、家人の迷惑になってしまったということが、独りよがりな私の解釈である。

奈良で出産間近の女性が深夜、いくつかの病院で断られ、大阪でやっと引き受けてくれる病院に出会ったというテレビ放送を見た。そのことに比べたら、私は命拾いしたのだなと思った。

物書き根性

インシュリンは実にタイミングが難しい。父の晩年、お客さんが来るまでにまだ二時間以上あるので、余裕だと思って父を起こしても、のろのろと仕度をし起きてきて、ゆっくりゆっくり歯を磨きひげを剃《そ》り顔を洗い、テーブルに着くとすでに三十分前。眼が見えないので血糖値を測って、インシュリンをセットするのにまた時間がかかる。私がチャッチャとやってしまいたいところだが、父は急《せ》かされてるようだと嫌がるので、手を貸さず黙って見守る。結局インシュリンは打ったのに、ほとんど食事に手をつけずにお客さんに突入。そのまま二時間三時間しゃべりっ放しの時など、ハラハラと低血糖の心配をしたものだ。

〝例の日〟も、深夜だが、もう一度血糖値を測ってみよう。そして低いようだったら何か軽いものを食べよう——と言うために、父が寝ている客間に行った。父に呼びかけたが返事はない。ほっぺたを叩いても反応がない。あわてて血糖値計を持ってきて測ってみるが、何度やってもエラーが出てしまう。つまり家庭用の血糖値計では測定不可能なほど低いのだ。この状態では口からぶどう糖など摂取できない。

誤嚥《ごえん》するだけだ。かくして救急車を呼ぶハメとなった。

〝臨死体験（?）〟は、ご本人のみぞ知る。だが、低血糖はぶどう糖の点滴一発で、けっこうケロッと治るので、さほど心配はしなかった。実際二時間後には車椅子で帰れるまでに復活していた。家に着いたのが深夜三時過ぎ、実は当日が「ｄａｎｃｙｕ」の〆切だった。「〆切延ばしてもらうよう電話しとくから、今日は休みなよ」と言ったのだが、父は机に向かいスタンドをつけると、それから一時間ほどかけて原稿を書き上げた。「ＦＡＸで送っといてくれ」と言い、やっと寝所に向かった。

さて――父が病院で亡くなった夜、実は落語の〝長屋噺〟のようなドタバタ劇で、一時間後にはすでに家に父を運び込んでいた。深夜の三時半、私は〆切をかかえていた。イラストのラフを今日中に仕上げなければ、後々の騒ぎもあるだろうし、最終〆切に間に合わない。

父の遺体の上に〝ロックアイス〟を一袋置き、〝外界〟を一切遮断して仕事にかかった。上がったのは朝七時半だった。死んでる父に「どーだ！　やったぜ！　誉めてくれよ」とぴらぴらとラフを見せた。「……誉めるわきゃないか、こんなのあたり前だもんな」と、すでに冷たくなった父の額をペチペチ叩いてから、二人で２ショット写真を撮った。

クリスマスケーキまで

学童期の頃は、担任の女先生から、十二月二十五日はイエス・キリストさまの誕生日で、西洋では前の夜をイヴと言って盛んにお祝いをしたり、教会でお祈りしたりするので、ちょうど日本のお正月みたいな日ですよ、という話を聞いただけで、下町の月島や佃島のあたりでは巷にどんな気配もなかった。

ただ、学校の屋上や隅田川に通じる掘割の橋の上に立つと、いつでも聖路加病院の現在は区の文化財になったその本館の屋上の十字架は見えたので、それが先生の話に出てくるイエス・キリストを連想する糧であった。

父母が機嫌のいいときは、天草の乱のとき、島原半島の原城に逃げてゆくキリシタンの信者たちをそれとなく助けて、逃げ道をつくったのは、浄土真宗の天草門徒だったという伝説を話してくれたことがあった。やはり、イエス・キリストを連想したものである。

クリスマスが近くなって、盛り場が賑わい、デパートや街の商店が飾り付けをし、ケーキやおもちゃを宣伝するサンタクロースが出てくるようになったのは、戦後、社会も安定し、景気が上向きになった頃からだった。

私もうろ覚えの『新約聖書』の文句と、やはりうろ覚えの『教行信証』の文句を口ずさみ、まじめな態度をあっさり放棄して、クリスマス・イヴになると近所の行きつけの洋菓子屋さんからクリスマスケーキを買ってきて、子供たちと食べるようになった。

クリスマスは、イエス・キリストもなければ親鸞もそっちのけで、ただケーキを食べることに夢中で、ときどきテレビでよく見かけるお笑い芸人たちのように、「うまい!」などと口に出して、喜んでいた。

近頃は、子供が特別な食事をしつらえたり、揚げ物をつくったり、もうひとりが孫をつれてきたりして、いまや味のよさを競い合う段階まで到達したケーキをもたらしてくれる。

クリスマスケーキも洋菓子すらもなかった私の子供の頃、それに匹敵する愉しい食べ物といえば、一人前二銭のもんじゃ焼きであった。通いつめたのは駄菓子屋さんの一隅である。牛てん、えびてん、いかてん、あんこ玉てんなど、一人か二人でいっぱいになる鉄板で堪能したものだ。

つい最近、ぢいぢ、ばあばになった私たちと娘二人、孫一人とその父親と、故地である月島・佃島界隈へ出かけた。

ひっくり返るほど驚いたことに、かつて月島最大の商店街だった西仲通りはモダンな「もんじゃ街」に変貌を遂げていた。

わが往年の友だちはどこへいってしまったのか。あの汚い駄菓子屋さんの小さな鉄板はどうしたのだろうか。あの鉄板を相手に、両手に小さなヘラを持って格闘していたかつての少年たちはいまも健康であるだろうか。

さまざまな思いにとらわれながら、口もきけないほど、びっくりしている私の眼の前で、モダンなもんじゃ焼き屋の鉄板のまわりを孫たちが元気にはしゃぎまわっていた。

クリスマスの思い出

私が幼い頃、クリスマスは特別楽しみなイベントだった。二週間ほど前から小さなツリーやモールを飾りつけて、わくわくしながらクリスマス・イブを待った。

というのも私が十二月二十八日生まれなので、両親はクリスマスとお誕生日を一緒に、盛大に祝ってくれたからだ（今考えれば〝一緒〟というのはプレゼントも一回なので、むしろソンなのではと思うが）。父方のお婆ちゃんや叔母さん、当時よく出入りしていた（ブントの）島成郎夫妻や飛び入りのお客さんも加えて、ぐちゃぐちゃなメンバーだが、当時まだ〝一人っ子〟だった私は、いっぱい人がいるのは愉しかった。親の方も子供そっちのけで飲んで騒いだ。

またイブの夜中の〝サンタさんのプレゼント〟も楽しみだった。もちろん事前に親が、それとなく欲しい物を聞き出して買ってきてくれていたわけだが、うちの親はけっこうその辺は巧みだったと思う。ディズニーの漫画全集・腕時計・すべり台など、かなりの〝むちゃ振り〟も叶えられたので、小学校高学年の〝サンタさんはいない〟と分かる年頃になっても「う～ん……今年は望遠鏡が欲しいかな」などと、それとなく親に伝えていた。

両親も本気でそれを愉しむ若さがあった。欲しい物をうまいこと子供から聞き出し、どんな無理難題な物でも、なんとか捜し出して手に入れ、小さな家の中（あるいは外）の、どこかに隠してクリスマスを待つのだ。

私に比べ妹は割を食った。妹が小学生の頃、私はすでに〝調達側〟に廻っていた。妹は「阪神の田淵のサイン入りバットが欲しい」と言ったのだが、人気商品なので売っておらず、私がテキトーに阪急の池谷のバットを買ってきたら、たいそう怒っていた。

私が高校生になる頃には母の喘息《ぜんそく》もあって、クリスマス兼お誕生会は先細り、母と連れ立ってプレゼントを買いに出掛けるだけになった。その内私の誕生日は忘年会とごっちゃのバカ騒ぎに取って代わり、いつしか消滅した。（五十過ぎてトシ食うのを祝われたくもないのだが）その時期になると、ケーキを持って妹一家が来る。で、自分の誕生日のために自分でごちそうを作っていると「なんかちがう〜！」と思うのだが、幼少期無条件に与えられ祝福された愉しさの記憶は、確かに私の一つの核となっている。私はどんな時でも無条件に、人に何かを作って食べさせるのが好きなのだ。

せんべい話

家の近所に素晴らしいせんべい屋さんがある。本郷通りに面していて、私などよりはるかに年若いお兄ちゃんがやっていて、もう知り合って二十年近くになる。

馴染み客だと言いたいところだが、金もなかったし、柄でもないので、ときどき食べたくなると立ち寄っていた程度だ。

この頃は、自転車が人にぶつかりそうになったのと、杖をついて歩いてもほんの少しだが足腰の強さが足りないので、間遠になってきた。

歯が衰えて、この店の逸品である古木の幹の皮のような厚焼きせんべいを以前のように、ばりばりと嚙みくだけなくなったことも関係あるかもしれない。

なぜ逸品と呼ぶかというと、塩せんべいと呼ばれていた、私が子供の頃から慣れ親しんだ味が、生粋にたもたれていて妥協がないからだ。醬油味だけが辛いほどしみ込んでいる厚焼きを、いまもたもっているのは、よほどの頑強だからにちがいない。

あるとき、このお兄ちゃんと話してみた。いい「たまり」があると聞くと、どこへでも行って試してみるということであった。

いまの世の中なら、添加物をいくらでも重ねて、一般受けのするせんべいの味をつくるのは、そう難しいことではないだろうと思える。けれど、お兄ちゃんは、私などが少年の頃に食べた、辛いのが取り柄の添加物をひかえた厚焼きせんべいに固執している。若いのに天晴《あっぱ》れなものだと感心してきた。

もうひとつ、親しみを感じた理由があった。その店の庭先には、私が山形県米沢市の高等工業学校にいたとき、「お鷹ポッポ」と呼んでいた、おそらくアイヌの鷹をかたどったにちがいない、木を削っただけでつくった置き物が飾ってあった。

うれしかった。これを知っているのは東北も山形県あたりの人だろう。もしかしたら、お兄ちゃんも米沢出身かもしれないと、勝手に空想をたくましくした。

そういえば、高等工業学校時代、首が細く長い教授は、「お鷹ポッポ」というあだ名だった。思い出は果てしない。

せんべい業界はやがて、塩せんべいのほかにソースせんべいを生み出した。醬油味の塩せんべいを油で揚げたものが世に飛び出したのだ。

子供たちはそれに飛びついたものだ。

しかしながら私の好みは、少年期を脱する頃から「揚げもち」と呼ばれる、長方形のせんべいに塩をふりかけたものに移っていって、その傾向はいまも細々とつづいている。

いつだったか、お兄ちゃんの店に、根津のせんべい屋で買ってきた揚げもちを置き忘れていったことがある。お兄ちゃんは「へへっ」という顔をして動じなかった。

その揚げもちを売っていた珍しいせんべい屋さんはいつの間にか、消えてしまった。お兄ちゃんの店はいまも健在だ。私は、もう少し歩けるようになったら、また顔を出そうと思っている。

塩せんべいの謎

おみやげにいただいた、せんべい代表格の「草加せんべい」を父に差し出すと、「おっ！　塩せんべいか」と父。「ちがうよ醬油味だよ」と私は言う。「塩せんべい買ってきてくれ。なるべくやわらかいのな」と父が言うので、塩味の薄焼きせんべいを買って帰ると、父は「……」と食べている。なんだかよく分からないが、いつもせんべいには、とんちんかんな空気が流れていた。

手塚治虫の『バンパイヤ』は、満月を見ると狼に変身してしまう一族の物語だ。田舎から都会に出て来た兄トッペイを追ってきた弟チッペイは詰めが甘く、丸い〝塩せんべい〟を差し出されただけで変身が始まってしまう。わざわざ〝塩せんべい〟と言っていたのが、ずっと引っ掛かっていた。ただの〝せんべい〟ではいけないのか？

ある時、県民性を比較するTVのバラエティー番組で、大阪の人に「コレ何ですか？」と草加せんべいを見せると、ほとんど全員が「塩せんべい」と答えていたので驚いた。やっとすべてがつながった。関西以西の人は、関東の典型的醬油味せんべいを〝塩せんべい〟と呼ぶのだ。確かに手塚治虫も関西出身だ。〝境界線〟はどの辺だろう？　おそらくはまた「関ヶ原」付近なのだろうが、正確には分からない（「探偵！ナイトスクープ」で調べて欲しい）。

関西において、せんべいは関東ほどに存在感は無い。〝あられ〟に象徴される、塩や醬油、梅や海老風味などの細かい餅米スナックがほとんどだ。関西人にとって〝塩せんべい〟は、デカくてカタくてしょっぱい関東土産扱いだったのだ。

父の文中にある〝お兄ちゃん〟のせんべいは、確かに美味しい……が、「何もそこまでしなくても！」というほど硬い。なんでも自宅の屋上で、カッチカチに天日干しをしてから焼くらしい。私ですら差し歯が抜け落ちたほどなので、父の〝歯〟が立つ相手ではない。

〝塩せんべい〟レベルのとんちんかんは、家と家・人と人の間には、まだ限りなくありそうだ。〝文化の違い〟とすら言えないほど些細だけれど、深く密やかに日常に喰い込んでいた微かな〝齟齬《そご》〟に気づかないまま何十年も一緒に生活していたのだ。

私がこの事実に気づいた頃には、もはや父の歯の力では、ふつうの〝塩せんべい〟すら噛めなくなっていた。父は妹が買ってくる「豆源」の揚げもちを口の中で転がして、溶かして食べていた。

土産物問答

一ヶ月ほどまえ、八十三歳になった。杖をつきながら歩くと、一〇〇メートルと少しでふうふうしてしまうありさま。だが、恰好をつけて詩人、安西冬衛の最後の名作にあやかって「座せる闘牛士」などと、うそぶいている。

誕生日に、群馬の友人が素朴な土産物を送ってくれた。ものぐさがますますひどくなった私には、うれしかった。食い意地だけは衰えないつもりの私は、テーブルの上においてあった箱を解いてみた。すると、小さなパンのような半球形の食べ物が包装されて長方形に連なっている。これはよろしいと、一個分切りとって、ぱくりと口に入れた。小麦粉を固めたもののようだったが、餡が中にあるわけでもない。何だこれはと、いぶかりながら、もうひと口くらい口に入れて食べるのをやめたところ、箱の片隅に黒蜜のようなものが入ったビニール袋を見つけた。これをつけて食べるということかなと思ったが、さすがにここでためらった。

二階から家の者が下りてきたのでたずねると、げらげら笑い出して、「馬鹿だねぇ」と言う。その説明によると、これは、小麦粉を固めてパンのように焼いたもので、甘い黒味噌をつけて食べる菓子だという。素朴な味で、本当においしいものらしい。

この種の食べ物にかんする失敗は数え切れない。友人たちからの味の好意も数え切れない。私はこのとき、壮年の頃、知己である京都の書店主人が案内してくれた〝芋ぼう〟の素朴でありながら凝った味を思い出した。素朴で凝った味という土産物を、その後、東京で何度も試みたが、その味には届かなかった。素人と侮ってはいけない。これは素人で職をつないできた私の「経験批判」にほかならないからだ。

土地が保存している土産物には、その味に隠された根拠があるように思えるが、それがいまだによくわからない。いつだったか出雲で、茶人であった藩主の好物だったという甘いお茶漬けを、名物だから食べてみなさいと宿で言われ、食べてみたことがあった。ふつうの漬け物を入れたお茶漬けだったが、全体が甘い味でびっくり。そのお茶漬けは、藩主が甘党だったことを伝えているのだという話を、私はとても信じ切れなかった。何かほかに納得のいく根拠があるにちがいない。しかし、一夜漬けの考えではどうにもならない。

反対に素朴でわかりやすい土産物もある。名古屋で食べた天むすがそうだ。天むすは、天ぷらを具にしたおむすびの意味だと思う。これはよく考えたものだと、私はその着想に感心した。

東京のデパートで食べた牛肉のにぎり寿司というのもある。魚や海老などの代わりに、牛肉のうす切りをネタに握った寿司だった。壮年の私には、そのネタが好きなものだったので、美味だった。でも伝統をくつがえすだけの力はないだろうと思えた。何かがひとつ足りないのだと思う。

ぼてぼて茶

二十年以上前になる。両親と訪れた松江の宍道湖《しんじ》畔に建つホテルのバーで、「何かこの辺の名物料理はありますか?」と尋ねたら、バーのお姉さんに「まぁ……美味しいかどうかは別として、話の種に一度は食べてごらんになってみては?」という、ビミョーな表現で勧められたのが「ぼてぼて茶」だった。

翌日早速、松江城の公園の茶店で食べてみた。「ぼてぼて茶」は、番茶を思い切り泡立てた中に、ひと口ほどの雑穀米ご飯・黒豆煮・たくあん・高菜漬け・細切りの甘い椎茸や高野豆腐を全部入れ、かき混ぜるだけの正に〝存在理由〟不明の食べ物(飲み物?)だった。バーのお姉さんの言う通り「一度は」で充分な名物だった。

〝発祥理由〟の方は分かりやすい。江戸後期、傾きかけた松江藩を節約によって立て直したと言われる、ケチで有名な藩主「不昧《ふまい》(茶号)公」が、御膳の食べ残しをすべてかき集め、番茶をかけて「残さず食せ!」と言ったところが始まりだろう。

他にも製鉄の〝たたら職人〟たちが、水分も取れて簡単に食べられたから。という説もあるらしいが、甘く煮た黒豆や高野豆腐などは、決して当時の庶民の物ではない。やはりお大名料理の余り物だ。

名物料理として後世まで残るのは、総じて〝貧乏っちい〟食べ物だと思う。父のお気に入り、京都の〝いもぼう〟も、保存食の棒だらと地物のえび芋の炊き物だ。食べ物が豊富な現代では、京都人だって「今日はいもぼうで一杯やろうぜ！」は、「焼肉で一杯やろうぜ！」ほどテンションが上がらないのは確かだろう。例の群馬のお土産や五平餅、長野のお焼きなども、粉やご飯や味噌、余った野菜や漬物さえあれば、いつどんな時代でもお母さんが作れた〝おやつ〟だったのだろう。また仙台の牛タンとか静岡の鮪のかぶと焼きや、下関のふぐのひれ酒などは、すべて余り物の有効利用だ。父の言うように、天むすや牛肉寿しなどの〝グルメ×グルメ〟な名物料理は、やはり百年単位で残るのは難しいと思う。そのスパンで考えると、戦争や大災害など必ずとてつもない難局にぶち当たるからだ。それをくぐり抜けて生き残るのが、〝貧乏っちい〟お袋の味だったり、余り物だったりするのだろう。

さて――「ぼてぼて茶」を不昧公が発明したのなら、松江に小泉八雲がいた頃にも当然存在したはずだ。はたして小泉八雲は「ぼてぼて茶」を食べただろうか？

――地元民が食べない〝名物〟というのは、やっぱりなんかズルい。

七草粥をめぐる

今年も無事に、私たちぢぃぢとばあばのもとに、娘たちふたり、その主人と孫、親しい友人ひとりが集まり、七草粥を祝うことができた。

少年の頃は「何だ、難しい呼び方をしているけど、ただの大根の葉っぱじゃねぇか」などと悪態をつきながら、七草の幾種類かを刻み込んだ塩味の粥をすすった。

自分が世帯主になってからは、せめて七草の量を多くして、味と香りを盛り上げようと、八百屋さんを三軒ほど歩いて手に入れ、家人がていねいに微細に刻み込み、のし餅を塩味で煮込んでとろとろになった粥を食べた。すすったというよりも、食べたという出来ぐあいだった。

今年の七草粥は娘の手に一から十までまかせきりだった。その代わりに、「よぉ、七草の呼び方を教えてくれんかね。それからこの粥に入っている七草の名もね」と聞くと、入っていることは全部入っていて、主なものはどこでも手に入るものだと言う。

主なものとして

せり

すずな（かぶ）

すずしろ（大根）

七草セットにちょっとずつ入っている

なずな

ごぎょう（ははこぐさ）

はこべら（はこべ）

ほとけのざ

長女がつくった今年の七草粥は、すするといったほうがいい、やわらかさだった。母親ゆずりで、餅が煮込んであったが、兄や私や弟が精魂込めてついたお餅のように、買い餅はつかれていない。「これはつきが足りないんだよ」と、無声のままつぶやいてみた。

すると、急に私の親たちが七草粥と言わずに、「七草ずし」と言っていたことを思い出した。青春前後の頃は「粥」のことを「すし」と呼ぶのは、天草地方のおかしな方言だと奇異に感じていたが、後年、職業柄で言葉の知識が少し深くなって考えると、粥のことをすしというのは、古い時代の言い方ではないかと考えるようになった。

それが糸口で、父母がふたりで会話するときだけは、「おとと」「おかか」と呼び合っていたことも思い出された。これも古語の名残りだと思える。

あるひとつの地域語が方言として存続していたとすれば、それはその地域が栄えていたときの言葉だと言えそうな気がする。これは現代のようなグローバルになりつつある世界中のどの異邦語についても言えることだと考える。けれど、七草粥が日本そばよりもグローバルになることは、夢のまた夢の話だろう。

そして私は、島崎藤村の「千曲川旅情の歌」に、七草のひとつ「はこべ」にふれた「緑なす蘩蔞《はこべ》は萌えず　若草も藉《し》くによしなし」という詩句があったことを思い出している。

七草粥の唄

田舎の人から見たらバカバカしい話だろうが、東京のスーパーでは〃七草セット〃を売っている。この辺でも努力すれば、自生のなずな・ごぎょう・はこべら位は見つけられると思うが、犬・猫のしっこがたっぷりかかっていそうで恐い。

我家の七草粥の作り方が、どうも「他とは違う！」と知ったのは、割と最近のことだった。七草粥の七草を刻む役割だけは、十数年前まで母がやっていた。私は母の作り方しか知らなかった。それは七草をみじん切りとも言える位細かく刻み、前夜の内にかなりキツめの塩をしてキュッと絞り、浅漬け状態にした七草の塊を炊き上がったお粥に混ぜるという作り方だった。〃水餅〃にしておいた、お正月の残りの切り餅も、その時一緒に入れる。後は軽く塩加減をして蒸らすだけだ。

TVのニュースなどで、有名寺院の七草粥作りの様子が流されるようになり、初めて我家との違いに気づいた。一般的な七草粥は、ザクザクと葉っぱを一、二センチの長さに切り、そのまま炊き上がったお粥に投入するというものだった。その場で集まった皆に振るまわれ、すぐに無くなってしまうのだからかまわないのだろうが、我家の作り方のほうが、断然七草の香りも立ち、色も長持ちする。

〝七草の唄〟というのも母から聞いたことがある。七草を刻みながら唱える囃子《はやし》唄的なものだ。〈とんとん、とととん〝とうど〟の鳥が来やらぬように〉――という〝かごめかごめ〟のような、ちょっと呪術的な内容を想わせる唄だ。しかし母もまた、その母から聞いたので、うろ覚えだった。

ある時TVのニュースの七草粥風景で、その唄が流れた。ハッとして見たけれど、もう終わってしまった。記憶が正しければ、群馬県安中辺りのお寺だったと思う。そう言えば、母の家系は上州（群馬）だったというので符合する。〝とうど〟というのは〝唐土〟ではないだろうか。つまり唐の国が攻めて来ぬようにという唄なのか？　しかし山に囲まれた関東平野の群馬では、あまり唐の国は切実感が無い。もしかして本当に大陸から渡って来た鳥が災いをもたらし、地元の鳥たちが絶滅の危機に陥ったとか――元祖〝鳥インフルエンザ〟の伝承なのかもと、想像はふくらむ。

どなたか詳しい唄の由来をご存じだったら、教えていただきたい。

節分センチメンタル

二月三日。今年も去年と同じように、太陽が沈んで少しした頃、節分の豆まきをやった。父母の年代から私も家人も、節分をはじめとする風俗行事を手堅く守ってきた。今年、いつもと同じでなかったのは、豆まきの声の大きさである。

子供の頃は隣の家でも、細い道路の向こう側でも、ほぼ同じ時刻に「鬼は外、福は内」の声が前後して聞こえてきて、雰囲気が盛り上がったものだ。

その声は年々、稀になり、不思議なことにわが家の声も小さく、細くなっている。隣の家のご老人が眠っていたら起こしてはいけないという遠慮も混じっているのかもしれないが、どうもそれが主な理由になっているとは思えない。

　今年も私はいつものように、自分の仕事部屋と、客を招じる部屋で内と外に豆をまいた。私だけでなく、家の者も誰かに遠慮しているように思えた。そしてよく考えてみると、自分が自分に遠慮しているのだ。

　ああ、ひとつの風俗が滅んでいくのは、こんな経路なのだと結論できそうで、侘しさをともなってくる。

　年寄りがひょいと家に顔を出したりするのを、おや？　と考えてみると、たいてい近所のお寺の縁日の帰りだとか、お墓参りの帰りだとかといったことが多かった。

私は、あぁそうか、年寄りはそんな日を一年のさまざまな季節に持っていて、自分の生存の日々を確かめているのかもしれないと、思いをめぐらせたりした。

そんなことを考えながら、自分は存外、旧いことに気持ちを入れてきたんだと感心した。しかしながら、旧いことに気持ちがないと、本当の新しいことは考えられないなどと、意気込んでいたら、テレビで大阪の駄菓子屋の話を目にした。ここのところ原料が高くなり、駄菓子の製造がたいへんになったことで、安い原料で元と同じうまさの駄菓子を工夫してつくることに精魂を注いでいるという。旧いことに気持ちを入れてがんばっている人は、まだまだいるもんだなと感じ入った。

私の子供時代、駄菓子体験は黒砂糖のかたまりからはじまった。その頃、二銭でイチジクの実ほどの黒砂糖が駄菓子屋で売られていた。濃厚で複雑な甘さで、私はよくかじったものだ。その後、まもなくして黒砂糖は「鉄砲玉」という白く透き通った飴玉に取って替わられた。見かけはよくなったが、味は単純になったと、子供心に思った。

豆まきに話を戻すと、今年も習慣通り、年齢の数だけ炒り豆を食べたが、これは去年よりもなぜだか格段においしく、久しぶりに味付けのない味のよさを、危なっかしい歯で嚙みしめた。

「煮豆ばかり食って居やがって」というのは、芥川龍之介の横光利一（編注・正しくは広津和郎）に対する陰口だったそうだが、炒り豆もけっこうおいしいですぜ、私にはそう思えた。

節分蕎麦

十数年ほど前になるだろうか、妹の事務所にいた関西出身の娘が、初めて節分の〝恵方巻き〟の習慣を教えてくれた。我家の皆は「うっそ〜！　冗談でしょ!?」と信じなかったが、彼女はその年の恵方を向くと、黙々と太巻き一本食べ尽くした。その頃から、あれよあれよという間に〝恵方巻き〟の習慣は関東にまで進出し、今ではコンビニでも売られるようになった。

そこでまた、七草粥に続き「うちだけなの!?」があるのだが、それは節分に〝蕎麦〟を食べるという習慣だ。昔から母はその日に蕎麦を食べるのを当然としていたし、立春前夜の、いよいよ本当の新春が来るという〝年越し蕎麦〟の意味なのだろうと思っていたので、何の不思議も感じていなかった。

妹の友人などが、我家の季節行事に親しく参加するようになって、初めて他の家との違いを知ることとなった。母は料理嫌いだったので、昔その日は店屋物の蕎麦だった。皆それぞれ、きつねや天ぷらなどの蕎麦を頼んだ。

私が台所をあずかるようになってからは、大晦日も節分も私流の蕎麦になった。

出汁は昆布と鰹の一般的なとり方だが、味つけはびっくりするほど濃い（しょっぱい）。蕎麦屋さんのつけ汁より、さらに濃いと思っていい。ザルに上げた冷たい蕎麦を各自好きなだけ器に取り、お好みの具や薬味を乗せて、その濃くて熱いお汁をかけて食べるのだ。

具材は天ぷら、とろろ、鶏の酒蒸しをさいたの、煮たお揚げ、茹でた芹《せり》、ほうれん草。薬味は刻みねぎ、大根おろし、三ッ葉、ゆずなどだ。時間に余裕がある時は、鴨南蛮風の鴨汁を作ることもある。大晦日はお節の準備で忙しいので、たいてい買ってきた海老天を温め直すだけだが、節分は余裕があるので、スーパーで出廻り始めた山菜などをうちで揚げる。どうせ栽培物だろうが、山菜の香りは大晦日の年越し蕎麦よりはるかに〝新春〟を感じさせてくれる愉しい行事だ。

そして本当にここ二、三年だと思うが、節分近くになると、スーパーで〝節分蕎麦〟コーナーなるものが設けられていて驚いた。そう言えば何だか節分の日は、天ぷら屋さんも力を入れて海老天などを売っている。恵方巻き同様〝節分蕎麦〟も、東京進出を目論《もくろ》んでいるらしい。

「うちだけじゃなかったんだ！」どこの地方発なのだろうか？（もしかしてこれも群馬県か？）詳しいことをご存じの方がいたら、教えていただきたい。

あなご釣りまで

父は、月島筋の小さな造船所でボートや釣り舟をつくっていた頃、仕事が峠を越すと、私たち男兄弟に、あなごの夜釣りに行くぞと、呼びかけた。

私たちは早速、荒川の下流の浅沼から「ごかい」と呼んでいたえさを掘りに出かけ、あなご釣りにそなえた。このえさは、はぜやせいご、ぼらの子釣りと共通だった。

釣り場は、第二台場と第三台場の水路のはずれ。子供たちがチャカチャカエンジンと呼んでいた単気筒の和舟の錨を下ろす。釣り始めると、あなごがおもしろいようにかかってきた。鉛の錘を水底まで下ろし、ときどき底から二メートルほど浮かす。引きは、せいごやぼらの子ほど強くなく、小刻みに引く、はぜ釣りよりは少し強い程度だ。

江戸前のあなごは、漁師さんが釣り糸を垂らすのか、投網で獲るのかわからないが、たぶん、漁場は品川から横浜寄りの湾ではないかと、子供心に考えていた。父は、あなご釣りでは素人であり、漁師さんたちに出会わないようにと、本来の漁場とはちがう場所に釣り場を決めていたようだ。

それでも、いつもよく獲れた。父と兄ふたりと、半分居眠りしながらの私の四人で五十四は釣れた。

私がいちばん愉しかったのは、大漁でゆとりのある夜半前後の帰り舟で、チャカチャカチンチンのリズムを耳の下で聞きながら、いつのまにか眠りこけてしまう快感であった。

あなごは、うなぎよりも味が淡白で食べやすい。けれど、隣近所に獲物を配っても、まだ余り、それを父が江戸前ならぬ天草前の辛味で食べさせられるのには、いささか閉口したものだ。

けれど父は、自己慰安と子供慰安を忙《せわ》しない生活のなかで忘れずにつくり出してくれていた。これは私が学ばんとして、学びえなかったところだ。

あなごの夜釣りの日が近いと、私がワクワクした目印は何だっただろうかと考えると、それはボートでも、釣り舟でも同じで、舟の横板を据えつけるときだった。

その日は、職人さんが道具箱を手に集まってきて、母が仕事場で大きな釜に水を入れて湯を沸かす。木枝でつくった四角い箱の中に湯気を通し、舟の横板を入れて蒸した。二時間ほど蒸したら急いで取り出し、舟の「へさき」の反りをつくって、「とも（船尾）」と一緒に打ちつける。そのとき、職人さんが同時に作業をすることになる。

現在は、さぞかし便利な方法があるのだろうが、あの原始的な作業で「へさき」や「とも」の反りを入れる場面は圧巻だった。

父と母の忘れがたき、仕事風景である。私は、これが舟づくりというものかと、その秘密を見る思いで、いつも眺めていた。

この作業を終えると、父の仕事はひと段落し、私たち兄弟をあなごの夜釣りへと誘うのである。

血は争えない？

我家には祖父が作った箪笥《たんす》があった。上野御徒町に住んでいた頃、祖父がお花茶屋の自宅から通って来ては作り上げていった。よく見ると引き出しの細い縁取りや、角の丸み、はめ込みの鏡など丁寧で細かい細工なので、おそらく自宅の作業場でパーツを作っては、うちに運んで組み立てていったのだろう。当時幼稚園だった私は、箪笥の枠をまたいだり跳んだりしながら、ヘンな替え唄を歌って祖父を笑わせたのを覚えている。

父が亡くなり、妹が箪笥を〝形見〟に欲しいと言うので、上に積み上げてあった大量の書類や中の服などを整理した。カラッポの箪笥の中を見ると、実に安いラワン材や廃材で出来ていることが分かった。しかし四回の引っ越しに耐え、上に数十キロ以上の書類の山を乗せても、五十年間まったく歪み無く扉や引き出しも滑らかに動く。改めて祖父の腕の確かさに驚かされた。

しかしその〝血〟は、父にはまったく受け継がれなかった（父の弟が継いだ？）。鍋一つ乗せた途端に落ちる棚や、接木《つぎき》だらけで寄り掛かっただけで崩れる〝転落防止柵〟など、父の大工能力には母も早々に見切りをつけていた。

残念ながら祖父の能力は、私や妹にも受け継がれていない。ことに私は、つぎはぎでゴマかし、形だけ帳尻を合わせようとしたり、緻密な作業に耐え切れず、すぐに〝力〟で何とかしようとするところなど、本当に父そっくりで落ち込む。

もう一つの〝血〟の話。毎夏行っていた西伊豆の海で、中学生位になると私は一人でボートを漕いで沖へ出た。〝海の家〟で「ボート貸してください」と中学生の女の子が、お金だけ渡し一人で木製のボートを砂浜から引きずり出し、定期船の航路を横切って沖へ出て行ってしまうのだ。そんなことが許されたのだから、ゆるゆるの良き時代だった。一キロほど沖の岬の蔭に、木造の廃船が繋《つな》いであった。私はブイを伝って船によじ登り、甲板で昼寝をするのが大好きだった。ぴちゃぴちゃと船底を洗う波の音。木の甲板は波風に洗われ陽にさらされ、白く乾いて海と木の匂いがした。何物にも代えがたい感触だった。

人生でも幾つかの至福の時間であり時代だった。思えば両親も、よく中学生が一人で沖に出て行き、一時間も二時間も帰って来ないのを放任してくれたものだ。そこには街での生活とはちょっと位相の異なる、〝海〟を介在とした覚悟と信頼があったように思える。

焼き蓮根はどこへ

幼時を過ぎてまもない少年の頃、ごはんのおかずとして三本の指に数えるほどの好物が「焼き蓮根」だった。

母親がコンロに火を強くおこし、その上に餅焼き用の網をのせ、ふくらんだ蓮根をひと節ずつ、芯まで火が通るほどに焼く。外皮が黒く焦げるほどになると、芯まで焼けている証だ。焼け焦げが気になるなら、外皮を水洗いすると、きれいに落ちる。

本当は、蓮根から湯気がまだ立っている間に、包丁で薄く輪切りにし、そのまま醬油をたらして、ごはんのおかずとして食べるのがいい。

時間があるときは、輪切りにしたあと細かく刻んで、温かいごはんにのせて、同じように醬油味で食べると、またおいしい。

蓮根を焼くと、煮物や酢の物にしたものと比べて、はるかに味が深くなる。子供の私でも、これだけで一食を終えることができた。母は手仕事が多いときは、焼き蓮根をつくりながら家事をこなしていた。

私は父母の没後、東京になじみ、焼き蓮根に出会わなくなった。しかし、にんじん、ごぼう、蓮根の甘辛煮にはいたる所で出会ってきた。焼き蓮根、焼きにんじんに出会わないのが不思議な気がする。

数え年、十七か十八の旧制の高等工業学校の三、四年生の頃は、母の留守を狙って自分で焼き蓮根をつくり、味を覚え込んだ。「焼く」という方法は「煮る」という方法よりも原始的だと思われた。それよりも原始的なのは「生」だろう。お寿司やお刺身は生の最たるもので、おいしさのあまり、現在でもその食べ方が残ったのではないかと、想像もした。

合理的、進歩的にいうと、次にやってくる副食材は粉状、ペースト状に、かたちなきままに砕いて、これにビタミンやミネラル成分などを加え、栄養価にカロリー、食べやすさなどを考えた人工完全食から調理する副食物を造ることであろう。

現に昨今では、医師の管理のもとに食のすすまない人や病人のために人造食がつくられ、飲み込みやすいようにと、液状で提供されたりしている。果たして人間は、十分の栄養価と食べやすさがあれば、それに馴れ、食欲の観念を変遷させていくものであろうか。私はここに偉大なヘーゲル弁証法の空白な落とし穴と、古典的な実在論の問題点があるような気がする。

健康も病気も、その治療も次第に精神化していく。凶悪と呼ばれている現代の犯罪ですら、法律の問題よりも精神病理の問題のように思えることが多い。凶悪犯行の瞬間以外の時間はすべて健常であるか、健常以外のときは凶悪犯罪者である者が、検事と弁護士の間で争っている法廷では、お笑い芸人のような役割を演じることとなる。もちろん、この場面のテレビ放映はない。西田哲学的にからかえば、絶対矛盾の自己同一風景なのだ。

さて、私の焼き蓮根話は、どこへ逃亡して行くのだろう?

焼き蓮根の悔恨

〝焼き蓮根〟は確かに美味しいと思う。今なら心からそう言える。焼き網でなくても二〇〇℃前後のオーブンに入れ、途中何度か転がしても同じように出来る。焼き網を使うのなら、上からフライパンなどを被《かぶ》せ、ちょっと蒸し焼き加減にするとより美味しい。黒焼きになったら焦げた皮は、キッチンペーパーで拭う程度が香ばしくて良い。蓮根は焼くと甘みも増し、さらに細かく刻むとねっとりとねばり気も出て、醬油をたらして温かいご飯に乗っけて食べるのは、本当にお勧めだ。

父が炊事当番をしていた頃、郷愁からか何度か自分でこの焼き蓮根の刻んだのを作ったことがある。しかし〝現場〟は惨状を極めた。とにかく散らばるのだ。網で焼く時皮が散る。刻むとねばり気ゆえ包丁にくっつき散らばる。食べる時ご飯粒と共にまた散らばる。特に〝雑〟な仕事をする父のことだ。コンロに、流しに、テーブルや床に——二、三日間は蓮根を踏みつけながら暮すこととなる。元々根菜類があまり好きではない母は、惨憺《さんたん》たる台所を見てますます食欲を無くし、焼き蓮根をごちそうとも思えない〝今時の若者〟だった私は、この台所を掃除するのは自分だと思うと、げんなりするだけだった。

この連載をリアルタイムで読んだ時、「ああ！　そうだ父に焼き蓮根を作ってあげよう」と思ったのだが、眼が悪い父がどれほど床に散らかすのかと考えると、ついつい一日延ばしになり、そしてそのままになってしまった。今思うと、涙が出るほど胸が痛む。「たかが散らかる位で！」と人は言うだろうが、日常であることと家族であることとはそんなものだ。誰だって家族には少なからずそんな思いをさせながら、日々を生きている。

死んだら味の記憶は、どこに刻まれるのだろう？　と、最近よく考える。自分が美味しいと感じる物を食べた愉しさは、客観性もなく他人と相関するでもなく、ただ自身が生きた記憶のみに完結するだけに一層考える。

私はざわざわした環境の中で、気兼ねなく本や雑誌を開き、ビールを飲みながら片手で食事がとれるので、結構ファミレスを利用する（ちゃんとした店でコレをやるとひんしゅくを買う）。美味しくもないが、それ以上に味が万人向けのパッケージなので、侘しい気分でたいがい残す。これが味の記憶のすべてだとしたら、あまりにも寂しい。

父のせつないたい焼き

その晩は、ただならぬ雰囲気に、狭い我が家は包まれていた。

兄と姉は叔母さんの家に遊びに行って、まだ戻っていないと父が言う。そして珍しく父のほうから、西仲通りの夜店街に連れていくと言う。いつもは子供の私がせがまないと、夜店歩きなど連れていってはくれない。

父親と私が出かけてしまうと、おじいさんとおばあさんしか留守居はいない。母は二、三日前から大儀そうに寝たり起きたりで、布団は敷きっぱなしになっていた。

微妙にうわずった空気があった。四歳か五歳だった私には、これが何のことなのか判らなかった。

その中で、普段といちばん違うように思えたのは、父の振る舞いだった。いつもなら子供だけで夜店めぐりなどして帰ると叱られるのに、父が夜になってから私だけ誘うのはおかしい。兄や姉が叔母さんのところに行って帰ってこないのも、おかしいといえばおかしい。

さもあらば、父は月島西仲通りの二丁目あたりに出ている夜店のたい焼き屋で、紙袋いっぱいにたい焼きを買い、着物のふところに入れ、子供の私と先を争うように、三丁目の終わりまで歩き廻って食べた。

こんなに愉しい「買い食い」の想い出はなかった。

翌日になってはじめて、弟が誕生した夜であったことを聞かされて、私は父親の振る舞いと、家中の雰囲気が、幼いなりに少しだけ判るような気がした。

その頃は、まだ下町の普通の家では産婆さんがやってきて、自宅分娩であった。邪魔な男たちはそわそわしながら、父のように夜店歩きをしながらたい焼きを食べたり、子供たちは兄や姉のように親類におあずけの身になったりしたのは、我が家だけではなく、どの家でも似たようなものだったと想像できる。

父のその夜の照れくさいような、どこか嬉しいような、高ぶったような振る舞いと、たい焼き食べ放題の味が、実感として判ったのははるか後年になってからである。

高村光太郎の『智恵子抄』に、光太郎がふところに入れて帰るたい焼きがつぶれておさまっている描写があるが、たい焼きという食べ物は妙に男のせつなさを象徴するような気がしてならない。男のせつなさと言うよりは、父親のせつなさと言ったほうがいいのかもしれない。

「自然よ　父よ　僕を一人立ちにさせた広大な父よ」という詩は、愛誦するには高度すぎる気がするが、「ふところの鯛焼はまだほのかに熱い、つぶれる」という詩は、いかにも下町生まれの光太郎のように思える。

そして、尾びれのところまで「あん」の入ったたい焼きはいまでもおいしい。

父のせつない煮魚

あたりまえだが、私が産まれた日のことを私は知らない。私が産まれる数年前まで、母は結核の療養所にいた。そんな体で産んで育てていくのは難しいので、医者からは堕ろすよう勧められたが、父が家事や炊事を全面協力するから——という約束で、私は産んでもらえたという訳だ。

母は細身で、もちろん〝妊婦だから〟を理由に大食いするようなことはなく、臨月でもお腹はほとんど目立たなかった。それは妹の時も同じで、私の小学校入学式の頃にはもう妊娠七ヶ月だったが、誰もそれに気づかなかった。

私を妊娠して、つわりで食欲がなかった時、祖父が足繁く串に刺した〝焼き蛤《はまぐり》〟を買ってきてくれたそうだ。なぜかそれだけは食べられたという。「だからあんたは焼き蛤の子よ」と、よく母に言われた。

いよいよ陣痛が始まってから「よし！　精をつけよう」と、父と二人上野の「弁慶」で、うな重を食べたそうだ。そういうところは豪胆な人だった。妹が産まれた日には「よし！　最後の一服だ」と、朝たばこ屋が開くのを待ち、一服してから産院に入った。現代では考えられない〃不良行為〃だ。

妹の時は切迫流産の恐れがあったので、母はそろそろと暮していた。父は一層家事を頑張ったと思う。しかし父が頑張れば頑張るほど家の中は散らかっていく――が、この時ばかりは眼をつぶりジッと耐えた――と、後に母は言っていた。

この時期の食事の記憶はまったく無いが、おそらく店屋物・揚げ物のヘビーローテーションだったと思う。たぶんこの時も（後年も）、父は母のためだけに、自分は嫌いな〃煮魚〃を作った。たいがい鯵《あじ》か鰈《かれい》の煮付けだったが、父は多めの水から煮るので、グジャッとしてお世辞にも美味しいとは言えなかった。〃お気持ち〃だけはありがたいので、母は魚の真ん中あたりを少しつまみ、煮汁が炊きこぼれて焦げ付いたガスコンロを眺めて、ため息をついていた。

父は決して〃味音痴〃ではなかった。それなりの学習能力と勘さえあれば料理はどんどん上達したはずだ。毎日三食の献立を（曲がりなりにも）考え料理を作る。やはり父は、この抜けられないルーチンを呪っていたのだと思う。他の仕事をかかえつつこれを続けた経験のある人なら、誰でもこの疲弊《ひへい》感を理解できるだろう。〃家事炊事を全面協力する〃という約束を父は自分から「降りる」とは言えなかったのだ。

カレーライス記

子供時代、はじめて家庭内にカレーライスが持ち込まれたとき、それは有無を言わせぬ食べ物だった。

幼い目で観察すると、母親は水によく溶いた小麦粉を砂糖と塩で味つけしながら、これも少量の水で溶いたカレー粉を加えて混ぜ、ぐつぐつ煮込むだけのように思えた。

母がカレーの味をよくするために、どんな工夫をしていたのかはまったくわからなかった。わかることといえば、煮込むのをやめるのは、じゃがいもがやわらかすぎるほどになったときということだ。

おかずが、焼き魚のときのように、やかましく食べ方を注意もされず、残してもお説教もされない。子供たちは勢い込んで食べるのに、大人たちはそれほどおいしそうな感じでもない。焼き魚なら猫さんよりもうまく、すっきりと骨だけ見事に残して食べるのに、それほど歯切れがよくないのだ。母は、子供たちへのサービスのつもりでカレーライスをつくってくれるのだと、察していた。

カレーライスは、子供の私にとって、とにかくおいしいものだった。だが、もっとおいしいものであると気づかされたのは、日暮里の夕焼けだんだんの二叉のところにあった中華そば屋さんのカレーライスを食べたときだ。じゃがいもは丸ごと、肉は中華そばにのせるのをそのまま、玉ねぎも半分割の重っぽいもの。わが家のカレーライスと見かけは多少似ていても、味は格段に上で、店がなくなるまで、よく通った。おそらく、中華そばのだしに工夫を加えたものをカレーのだしに使っていたのだろう。

さらに、カレーライスの進歩を体験したのは、浅草田原町の食堂に入ってメニューに「カツカレー」という文字が目にとまったときのことだ。ごはんの代わりにトンカツを使った新しい試みにちがいないと、好奇心にかられて食べてみることにしたが、驚いたことに、私の予想とはちがった。ごはんの上にトンカツがのり、その上からカレーがかけてある。さすがに仰天した。これも、浅草らしくていいやと、自分を慰めながら、結局残さず食べきった。私は「カツカレー」を味わった初期の人間ではないかと、秘かに思っている。

いま、カレーライスの古典時代は終わった。サッカーのアジア地区予選のテレビ放映を観ていると、印度以東や中近東以東で、私自身、地図を見直さないと遠近がはっきりしない国々が、日本と互角以上の実力を発揮している。それらの国々から香辛料理が入り込み、味も辛さも千差万別のものとなって口に入る多様な時代になっている。

私は二、三種類のアジアの国の料理を子供に案内されて食べ、辛さ、香り、味のちがいにびっくりしたことがある。しかしながら、それは香辛料理というひとつの側面でしかなく、料理だけではない文化や文明の地軸の変動が日本列島だけではなく、世界の国々に起こっている気がする。

アン・ハッピーカレー

カレーは今や多様化しすぎて、スタンダードが分からなくなっている。私が好んで作るのは、タイのグリーンカレーだ。父に言わせれば〝正体不明の香辛料理〟ということになるのだろうが、実は最も素材と香辛料が分かりやすい。煮込むカレーではなく、手早く作ってすぐに食べる方が美味しい。

祖母のカレーの作り方は、私が中学生の頃〝家庭科〟の授業で初めて習ったカレーだ（そしてなぜか必ず「ほうれん草のソテー」がペアとなっていた）。しかし手際が悪いせいか、煮込み時間が限られていたからか、粉っぽくて決して美味しくはなかった。祖母のように、じゃが芋が溶けるまで煮込んだら、とろみも増して美味しいのかも知れない。

私が小学生の頃には、すでに固形のカレールウが売られるようになっていた。〝新しモノ好き〟の父は早速それを取り入れた。しかしせっかちなので、ルウを入れる前の煮込みが足りず野菜がゴリゴリだったり、ルウを早く入れすぎて、野菜がやわらかくなる頃には煮詰まりすぎてドロドロになったりした。また父は、豚肉好きだったので、カレーに使う肉は必ず豚だった。固まりの豚肉は、煮込めば煮込むほど固くボソボソになる。父のカレーの豚肉は、いつも飲み下すのに苦労した。そして（言うまでもなく）母はカレー嫌いだった。

イチローが朝食にカレーを食べるのが習慣だというので、〝朝カレー〟なるものが流行ったことがあった。しかし〝朝カレー〟は、妹が高校生の頃にはすでに我家の〝定番〟だった。もちろん前夜のカレーの残りを温め直すだけだが、朝、味噌汁ならぬ家中に充満したカレーの匂いで目覚めるのは、夜型の姉妹にとっては今でも、じんわりとこめかみが痛くなるような思い出だ。

しかしどんな内容であれ、毎日作り続けてくれたこの時期の父には感謝しかない（取って付けたようだが）。本当にそう思う。〝毎日〟ということの本当の重みは、妹が家庭を持ち、私が両親の生活を担当するようになり、初めて知ることとなったのだ。

〝トラウマ（？）〟ゆえか、私は父の目指した一般的日本のお袋の味カレーがあまり好きではない。外食でもまず〝カレーライス〟を頼むことはない。しかし毎夏行っていた西伊豆の海岸で、泳ぎ疲れて食べた〝海の家〟のカレーは無条件に美味しかった。やはり〝味〟とは父の言うように、固有の〝思い出と思い込み〟なのだと思う。

じゃがいも好きの告白

つい最近、ポテトチップを食べていて、初めてよくわかった気がした。

薄くスライスしたじゃがいもを油で揚げただけのものだ。ふりかけた塩の味と細やかさに工夫を施すほかに、何のちがいがあろうと思っていたが、外国製のじゃがいもを同じように揚げて塩にまぶしたと称するポテトチップを食べてみると、これは格段にちがうと思ったのだ。じゃがいもそのものの味や歯ごたえが、まるでちがうのがわかる。

たとえば私が昔、学校菜園で栽培したじゃがいもと、北海道産の上等な男しゃくいもとでは、味の厚さと身のしまり具合がまったくちがう。

私は勤労奉仕で、いい加減で、じゃがいもづくりは初めてだった。種いもを半分に切って肥料を染み込ませ、土に小さく浅いくぼみをつくり、種いもの断面を下にしてくぼみに置いて、上から土をかぶせる。こんなので根づくのかねと、首をかしげたが、やがて根づき、芽をふき、いもづる式に収穫された。私は感じていた。天然自然というのはこういうものかと、初めて知ったような不思議な思いを。けれど、学校寮の混ぜごはんに入っていた、そのじゃがいもは、味が薄いのに量が多く、ごはんのお米の替りの役割を担わされているだけのように思えた。それでもおいしい、おいしいと言って食べたものだ。

テレビで、東京オリンピックの外国選手たちの料理を担当したという人の回想話を見ていたら、日本のふつうのじゃがいもでは選手たちにはあまり喜ばれなかったが、北海道産の男しゃくいもを使って初めて満足してもらえたということだった。

帰国のとき、フランスの選手が、わざわざ感謝の握手を求めにきたと、その料理人は話していた。

私は先日、ポテトチップを食べながら、そのテレビのことを思い出し、じゃがいも好きと自称しながら、ポテトチップもやはり、何よりもじゃがいもそのものの問題だと気づいたのだった。

ただ、これまで食べることに夢中で、そのことに気づくのが、あまりに遅かった我が食い意地にあきれる思いでもあった。

戦争末期から戦後の数年、千葉にある農家にちょくちょく買い出しに出掛けた。値段が安かったいも類を買い込むわけだが、さつまいもは甘味があるため、しばらく食べ続けると胃がもたれてくるのだが、じゃがいもは毎日食べても耐えられた。揚げてよし、煮つけてよし、ポテトチップよし、私には万能の副食物だといえる。

いつか優れた味の新種のじゃがいも料理やお菓子を生みだしてくれたらいいな、などと空想にかられる。

もっとも私の味覚には、いつも心的な付着物がともなっていて、食べもの自体のほんとうの味がどうかは、あてにならない。

じゃが芋人生

〝外国製ポテトチップ〟というのは『プリングルズ』のことだろう。あれはたぶんマッシュしたじゃが芋に、スパイス入りのでんぷんを混ぜ成型した、ポテトチップとは似て非なる加工食品だ。日本ほど繊細な製法や包装技術の無い欧米では、最も輸送や保存に耐えうる形状として親しまれてきたのだろう。

父は文句なしにじゃが芋好きだった。祖母が作ってくれたという〝肉じゃがのソース煮〟も、よく自分でまねをして作っていた。肉じゃがの醬油の代わりにソースで煮るだけだが、ソース自体にすでに肉や野菜のエキスが含まれているので、まず失敗はない。煮崩れてもジャーマンポテト風になって、簡単便利なお勧めの家庭の味だ。〝煮崩し感〟を狙うのなら、少量のベーコンを加えても美味しいかも知れない。

余談だが、男性が女性に作ってもらいたい料理の不動の一位が「肉じゃが」なのを見ると、思わず「プッ」と吹き出してしまう。肉じゃがほど失敗しない料理は無いのだ。ダマされてるなぁ――と微笑ましくなる。

お母さんは忙しいから、じゃが芋さえあればあり合わせの肉と、玉ねぎ、にんじんなどをガーッと炒めて水を入れて煮る。後は砂糖少々と醬油で味を調えるだけの料理だ。余裕のあるお母さんなら、出汁やブイヨンも加えるだろう。しかしその、お母さんの忙しさの味こそが〝お袋の味〟として、男子どもの胃袋を摑《つか》んでいるのだと思う。

ちなみにうちの母も、肉じゃがを作った（気がする）が、調味料はすべて計量され、じゃが芋の角はキリッと立っていた。

毎年父の誕生日には必ずコロッケを揚げる。妹一家や友人たちも集まるので、三十個近く揚げる。たいていいただき物のじゃが芋で作るのだが、「メークイン」はねっとり感があるので、あまりコロッケには適さない。型崩れしてほしくない上品に仕上げたい煮物やシチュー向きだ。ここ数年でよく出廻るようになった「キタアカリ」は、一度冷めるとやや粘り気が出てしまう。コロッケにはやはり上質の男爵芋が一番だ。北海道在住の元看護師さんの家で作られた男爵芋が、コロッケにすると最高に美味しかった。私は別に有機農法礼讃者ではないが、長年農薬を使っていない土の、健康な〝野育ち〟のじゃが芋の味だ。

晩年さすがの父も食欲は落ちたが、最後となった八十七歳の誕生日にも、しっかり三個のコロッケを平らげていた。

月見だんご狩り

もう八十年近くになるだろうか。私はまだ五歳くらい、一緒に遊んでいた年上の子は、小学校入学前の数え年七歳のいたずらっ子ばかり。竹の小枝の先に釘を結わえつけて、月見だんごを取りに行こうと相談していた。

行く先は「中沢別荘」。月島東河岸通、大川（隅田川）の支流がお台場に沿って流れていくく川沿いに、私たちが「中沢別荘」と呼んでいた洒落た家があった。その庭に面して低い木造の門があり、その門を勝手に開けて、かくれんぼをして遊んでも文句を言われることはない。

冬などは、人の気配さえなく、幼い私たちには、いったい何をしている家なのかわからなかった。春から夏、秋にかけては家に明かりがつき、小さなその門の内にも電燈が灯った。私たちは「中沢別荘」と呼んでいたわけだが、そもそも「別荘」とはなんなのか、まるでわからない。ただ親たちがそう呼んでいる別格の家だった。

毎年、「中沢別荘」では秋の十五夜になると、庭に面した縁側の板の間に月見だんごが飾られ、りんごやみかん、くりなども供えられる。それを誰かが取りに行こうと言い出し、それはいい、という話になった。

怪しまれるといけないので書いておくけれど、飾ってある食べ物を幼い子供たちが取りに行くことは、なかば合意の風俗だと子供心に知っていたのだ。親たちの思い出話を聞いて知ったのかどうか定かではないが、供えただんごや果物以外のものを取ることは許されないだろうが、そうでなければ民俗のひとつの行事と言っていいと思える。

さて、悪童たちは夜明かりが灯るころ、「中沢別荘」の庭明かりを頼りに、低い門扉を開け、手製の竿を突き出すのだが、釘の結び目が弱かったり、くっついていたりで、だんごを狙う音ばかり大きく響き、「中沢別荘」の人に見つかってしまいそうな恐れを感じ、退散。完敗だった。むしろだんごではなく、果物に突進した者が収穫を得て、獲物は皆で平等にわけて食べ、そこでやっと「面白かったなぁ」の声があがった。何が面白かったのかわからなかったが、幼心に、兎に角、面白かった。

私にとって、この「面白かったなぁ」は、二十歳に近い時期、東北の学校の学校寮で悪童たちと、さくらんぼを失敬しに行った思い出につながる。農家の士に追いかけられたと思い、ほうほうの体で逃げて帰り、皆で一室に集まって、収穫物を食べたのだ。

翌日、寮の出入口で舎監の先生から一人一人呼び止められて、昨夜、桜桃を取りに行ったのはお前だろうと訊ねられた。悪童たちは皆、知りませんと答えたが、そのときの舎監の顔はすべてを知っているような、本当のことを知りたいような、咎《とが》めるような、咎めないような、なんとも言えぬいい表情だった。

「面白かったなぁ」を、年を経て心に残した思い出である。これは図々しすぎる経験であるのかもしれない。

どろぼう自慢

いい時代だったんだなぁ——と、うらやましく思う。子供は小鬼（精霊）扱いだから、お供え物が盗まれるのは、むしろ縁起が良いという感覚だったのだろう。

時々TVで、大型スーパーなどの万引き犯行現場を押さえ、散々お説教を喰《く》らわせた揚げ句警察に引き渡す〝万引きGメン〟なる職業の特番を見ることがある。〝Gメン〟は客を装い怪しそうな人を付け廻し、犯行の瞬間を今か今かと待つ訳だが、「オイオイ」とツッ込みたくなる。そこまで鋭く万引常習犯を見分ける能力があるのなら、商品に手を伸ばす直前に、トントンと肩を叩き「お客さんダメですよー」じゃいけないのか？　万引常習犯は凶悪な犯罪者とは違う。何かしら心に病や傷をかかえている人なのだから、それで充分抑止力になるはずだ。〝どろぼう自慢〟は誰にでも（特に男子は）あると思う。私などかわいいもので、〝うさぎどろぼう〟だった。

近くに住む友人が、〝かわいそうな飼い方をされているうさぎ〟の話をしてきた。それは友人の向かいの家で、〝うさぎ小屋〟なんてもんじゃない。四、五〇センチの細長い屋根も無い金属ケージで、直射日光に当たりうさぎは荒い息をしていた。ヘタレて伸びたうさぎの脚は檻《おり》から長くはみ出していた。

　もちろん私は深夜〝うさぎ救出作戦〟に出た。しかし金属ケージの扉は開けづらくガチャガチャと大きな音を立て、やっとうさぎの首根っこを掴むと鳴かないはずのうさぎは「キーッ！」と叫んだ。おまけに件《くだん》の友人の家の犬は吠えまくり、うさぎを袋詰めにしてほうほうの体で連れ帰る頃には、夜は白々と明けていた。当時はまだ草っ原が残っていた隣のお寺の空き地にうさぎを放したが、ほどなく近所の動物好きの中華屋さんに拾われ、大事に飼われていた。その後友人に会うと「ニマッ」と笑う。もちろん私がやる事は織り込み済みでうさぎの話をしたのだ。しかしそれからずっと友人の犬には、会う度に「ドロボー！」と吠えられ閉口した。

　さて——父の〝武勇伝〟がもう一つある。昔デパートで〝人間国宝級〟の陶芸家の展示会をやっていた時、そこで「ひょいと茶碗を一個くすねた」と言うのだ。先日、祖父の作った洋服箪笥を整理していたら、一番奥から〝プチプチ〟に包まれた茶碗が出てきた。「これなのか⁉（私の眼にはさほどの逸品には見えない）」真実を知りたいが、何せ〝盗品〟なのでそれもかなわない。

恐怖の「おから寿司」

幼年時代、家のすぐ後ろ隣に、精米所を営む大家があった。そこの息子である次郎さんは私の同級生で、次郎さんの姉さんである常ちゃんとは、男の子と女の子が一緒に遊ぶときに限って、遊び仲間であった。輪ゴムをつなぎ集めて跳ぶ「網跳び」は、いまの子供には信じられないだろう。

私たちは、わらべ歌を唱える遊びをよくやったものだ。「ここはどこの細道じゃ　天神さまの細道じゃ　ちいっと通してくだしゃんせご用のないもの通しゃせぬ　この子の七つのお祝いに　お札を納めに

参ります　往きはよいよい　帰りは怖い　怖いながらも　通りゃんせ通りゃんせ」と、いまでもそらんじることができる。

常ちゃんに「おから」ってなんだ、と聞いたことがあった。お米を白くしたときの粉でしょうと、教えてくれた。精米所の娘さんが言うことだし、ときどき、ごはんのおかずに食べていたから、なるほどと、納得した。

母親のつくるおからは、醤油と砂糖で煮込んだもので、中に入れる具材は味の記憶をたどれば、細く切ったにんじんと、同じように細く切った油揚げだったと思う。これをごはんにかけて食べるとおいしかった。

後々に考えたことは、少ないお米で満腹感が得られる常備食だということで、貧しい島ではこれが副食の役割をしたのかもしれない。

このおからのごちそうが、おからをシャリに、光りものの魚をネタにした「おから寿司」であった。光りものの酸味と、おからの煮込まれた味を一緒に食べるということが、私の口には合わなかったようで、敬遠していると、親父さんから「こぎゃん、うまかものを食わんのか」と、よく叱られた。

この、おから寿司は、お客さまに出すもてなし食というべきか、あらたまった食膳に出されたものであったと思う。

十代の後半、工業学校に通っていて、葛飾の京成お花茶屋駅近くに引っ越した後のこと。親父さんの代理で、昔のご近所さんに出向くことになった。

「久しぶりに会ったけど、大きくなったね」と、その家のおふくろさんに歓迎されて、光りものがネタのおから寿司が出された。「苦手なんです」と断ればよかったのだが、普段からの優柔不断さと、青春の客気《かっき》の心意気の見せ場だと残さずに食べた。

その後、地方で学生生活を送っていたころ、白濁酒を味の甘さに油断してがぶ飲みしたとき、七転八倒の苦しみを体験したことがあったが、それはおから寿司を平らげたときの苦しみにも似たものだった。おから寿司を食べ、その苦しみを歓迎してくれている家の人に告げられず、妙な表情も出せなかったときは精神の七転八倒であったわけだ。すべて自分の意思の曖昧《あいまい》さと食べ物に対する偏屈な思い込みに、責任を負わせるより仕方がない。

だがどこかに、自分には珍しい、明るい思い出のような気がしているのだった。

アジフライの夏

父は、〝常ちゃん〟のいうことを鵜呑みに信じたままきてしまったようだが、皆様ご存じの通り〝おから〟はお米ではなく、豆腐（豆乳）を搾った後に残る大豆のカスだ。

父の言う「おから寿司」とは、「卯の花寿司」のことだ。ネタはたいがいコハダだが、実は私も苦手なのだ。時々こじゃれた懐石の〝八寸〟などで饗されることがあるが、許される状況なら残すし、失礼な場合は飲み下すしかない。父の七転八倒はよく理解できる。その時のトラウマからか、父は魚の中でもことに〝青魚〟全般が嫌いだった。しかし〝アジフライ〟だけは食べられたし、むしろ好物だった。〝揚げてさえあれば何でもよかった〟というのは、ご本人も自覚するところだが。

父が海で溺れた一九九六年以降も、まだ十年近く西伊豆行きは続けられていた。昔、海は誰のものでもなく自由にボートでどこまでも行けたし、体力の続く限り沖まで泳ぐこともできた。しかしその内、町役場がケガや事故など（のクレーム）を怖れ、ライフセーバーを置くようになった。それでも泳ぎの得意な私や友人は、ライフセーバーをからかいながら監視を突破し〝遊泳禁止ライン〟を越えて泳いだ(そして父は警察に呼び出され謝っていた)。しかし父が溺れた時、命を救ってくれたのはライフセーバーだった。大学生の誠実そうなお兄ちゃんだったが、すぐに人工呼吸をし、まず最短の病院に運んで気管挿管を行うなどの適切な処置をしてくれたおかげで助かったのだ。

翌夏からはもう、申し訳なさと感謝とで〝大人しく〟するしかなかった。消波堤に囲まれたプールのように淀んだ〝遊泳区域内〟をちょっと泳ぎ浮いたりするだけで、後は浜辺でうだうだして過ごした。私の海の愉しみは、父が溺れた夏に終わったのだ。

そんなある夏、妹たちが〝アジフライ〟の美味しい店を見つけてきた。町はずれの峠に向かう県道沿いの店で、〝アジフライ〟は確かにふっくらと太って弾力があり美味しかった。父もご満悦で平らげていた。それから日課のように、お昼は家族や友人たちとその店に集合した。

「変わってしまったんだなぁ」と、つぶやいた。町が？　時代が？　自分が？

じりじりと焼ける県道を自転車で、ただひたすら冷房の効いた店の〝アジフライ〟と冷えた生ビールを夢見て、ペダルを踏みながらそう思った。

あごを動かす食べ物

いま住んでいる町内では、敬老の日になると、私のような老人に一袋ずつのお菓子を配ってくれる。心楽しい行事だと言える。

食べすぎないようにと用心しながらも、つい甘味たっぷりのお菓子をいい気になって食べすぎて、これはいけないとしまい込む。こんな日が合間をおいて続き、また思い出してはちょっぴり口に入れる。けっこう楽しい。このドロップの缶は今度、孫がやってきたらあげよう、などと残したりもする。

ときどき、幼少の時代を思い出し、甘いものを食べすぎて虫歯が痛み出したこと、戦時中は甘味が欠乏していて甘味存分のお菓子を夢見たこと、ボール玉の飴を途中で飲み込んで苦しい目にあったこと、駄菓子屋さんであんこ玉をお好み焼きに入れて食べたことなど、なぜか甘味の連想だけは次々と浮かんでくる。

こうして幼少時代の体験を思い出させてくれたことが、敬老の日における町会の本当の贈り物なのかと感じた。

配られたお菓子の中で、特に感服したものがあった。噛みしめると、いちご味のような甘い果汁がしみ出してくるのだが、外皮はやわらかいのになかなか頑強で、あごを何回か強く動かさないと、果汁が出てこない。歯が浮いて、やわらかい食事に慣れっこになっている老人にとっては、下あごを動かす絶好の食べ物だと思った。

おいしいし、老人には最適だねと言うと、「知らないのは〈おやじさん〉だけで、あれは『グミ』という名のお菓子で、〈おやじさん〉の孫は、何種類も味のちがう『グミ』をよく食べている」と言う。

これにはびっくりした。

私が幼少期に「ぐみ」と呼んでいたのは、赤くて小さなすっぱい木の実で、私は〈おやじさん〉に舟でお台場へ連れて行ってもらったときなど、よくすっぱいのを噛んでいた覚えがある。

敬老の日の町内の贈り物の中の「グミ」は、過去ではなく「未来」だなぁと思った。

モノはすべて未来をもっている。食べ物だけが未来をもたないはずがない。私はさっそく世話を焼いてもらっている長女に、「今度、ついでがあったら、『グミ』を何種類か買ってきてくれんかね」と頼んだ。

後日、私は四種類ほどの「グミ」の袋をはさみで切って片っ端から食べてみた。驚いたことに、「グミ」には、まだ「未来」があった。かたい外皮とやわらかい外皮のものが存在するのである。外皮のかたい「グミ」を食べるときは、当然のことながら、あごを動かす回数が多くなる。私のような老人の歯には、少し負荷がかかりすぎるかもしれないな。そんなふうに感じた。

それでも、またまた食べてしまう。果たして、おいしいから食べるのか、下あごの強化のために食べるのか、永遠の課題と見まがう課題にぶつかる。「未来」は食べ物についても難しい。

言われてみれば、私が小学生の頃もまだ〝グミ〟は存在しなかったと思う（少なくとも日本では）。高校生の頃だったか、輸入雑貨の店で外国製のグミが売られ始めた。けっこうな大袋入りだ。動物やコーラの壜《びん》の形をした、毒々しい着色がされた甘ったるい物だった。ガムとゼリーの中間のような食感で、見た目のカワイさにダマされて一袋買って後悔したことがある。欧米人は、こんな物を平気で一袋食べちゃうんだ……と、あきれた。

私に〝お菓子愛〟が無かったこともあり、その後長年〝グミ空白期間〟が続いたが、父に頼まれ初めてイマ時の〝グミ〟を買ってみた。日本人仕様の十個ほどの小袋で、驚くほど多種多様になっていた。本物の果汁も含まれているにしろ、人工甘味料・香料満載の味だが、ハードグミと称される砂糖をコーティングした硬めの物や、ぷにゅぷにゅだけどなかなか噛み切れない物など食感もおもしろい。さすが日本の製菓業界だ。

うちの母はまったく〝食べる〟ことに関心が無かったので、子供にも「よく噛め」とも「よく歯を磨け」とも、うるさく言わなかった。（自分は結構熱心に歯を磨く方だった）母は晩年の二、三年こそは歯磨きもおろそかになり、虫歯で歯が欠けていたが、八十五年の生涯で一本の入れ歯も無かった。すべて自分の歯だった。一方父は七十代前半で、ほぼ総入れ歯だった。一九九六年西伊豆の海で溺れた時「この入れ歯なんですが」と、警察官に上顎の総入れ歯を見せられたが、初めて見るモノなのでびっくりした。父の物かどうか、まったく判断がつかなかった。

この差は、歯磨きの差なのか甘い物好きか否かの差なのか分からないが（たぶん両方だろう）、父は〃遺伝子〃の良し悪しだと言って譲らなかった。しかし、自分の歯を失うというのは本当に瑣末《さまつ》なことなのに、全身状態や精神にまで影響を及ぼす。私など差し歯一本のグラつきで食欲が無くなるのに、二十年近くほぼ総入れ歯で食べ続けていた父の精神力（食欲？）には感嘆する。

亡くなる四、五ヶ月前のことだ。五十年以上かかりつけていた上野黒門町の（かなり頑固でひねくれ者の）歯医者さんに、「歯が無くても、とにかく歯茎をガシガシ磨いて常に口の中をキレイにしといてください。誤嚥性肺炎は食べ物が入るんじゃないんです。その唾が誤って気管に入ってなるんですよ！」と、父はキビシク注意されていたが、まったくその通りの結末となってしまった。

魚嫌いの私

幼年のころから魚嫌いで、あまり食べなかった。

私の父母も祖父母も九州の島育ちで、たいそうな魚好きであった。焼き魚でも煮魚でも、まるで猫のように、骨だけを残してきれいに身を食べる。生魚にしても、酢の物、光り物と見事にこなした。毎日のように魚料理が夕食に出てきた。朝食からのときだってあった。

私の子供時代は、東京では豚肉や牛肉が流行りはじめた時期でもあり、薄切りの肉がときどき鍋物やすき焼きで夕食のおかずに出るようになった。幼少年期の私は、そちらの方に惹かれていった。私は肉を好んだ。

ある日、生き物のかたちがそのまま残っている魚を見るとかわいそうになる、と私は言った。父親からは「お前、坊さんにでもなれ」と、こっぴどく叱られた。私の方も「そんなら坊さんになるよ」と、口答えをする。

母親が困って、ときに鯛の塩焼きを特別にあてがってくれるのだが、それでも魚嫌いは直らなかった。

長じてからは〈おれは父母が嫌いな潜在心理があるからこんなにも魚嫌いになったのか〉と、貧しい考えに陥ったりもしたが、どうにも根拠が薄弱である。両親のことは嫌いではないし、舟造りにしては出来すぎている一面を持つ、さり気ない働き手だった。

むしろ、私の方が本気で、おれは坊さんにでもなった方がいいのかなと考えることがたびたびあった。

私が煮魚や焼き魚の身を箸で突き崩して、ひと口、ふた口食べただけで、大いに食べたかのように見せかけても、父親にはすぐに見抜かれてしまう。

生魚の酢の物にもまいった。最後まで馴染まないでいた。「お前、お寿司はおいしそうに食べるのに、酢の物の生魚は駄目だと言い張るのは変じゃないか」と、父に言い返されると、たしかに酢の物嫌いの根拠がない。

〈おれにはわからない何かが魚にはある〉

そう思っていたが、いまでもわからないままでいる。

少年期から青年期に入るころ、私は「三浦屋のレバカツ」というものにこったことがある。どうして「三浦屋」を付けて呼ぶかといえば、当時の月島・佃島辺りで「三浦屋」のレバカツが格段においしく、それ以前もそれ以後も、これ以上、おいしいレバカツを食べたことがないからだ。

その当時、「三浦屋のレバカツ」を父親に食べさせたことがある。最初は馬鹿にしていたような表情で食べていた父親が、幾日か後になって、「あれを買って来い」と言うようになった。父親と私の魚と肉の味の突っ張りあいは、このとき終わったといまは思っている。

「三浦屋のレバカツ」は、なぜ美味だったのか。この謎もまた、いまもわかっていない。〈お前の心理的な思い込みさ〉で、ずっと済ませてきている。本当はそんな簡単なことではないはずなのだが。

魚嫌いのワケ

私は魚も好きだ。特に鯛や鰤《ぶり》カマの塩焼きなど、無言になって解体してしまう。しかし〝釣り〟にはまったく興味が無い。それは食べる上で、魚も肉も店で売っているので、一度も必要性が無かったからだ。〈遊び〉で魚や動物を殺すことは、これからも決して無いと誓える。実は貝ですらイヤだ。アサリ・シジミ・ハマグリ――献立上の必要性から煮て殺す。「イヤだな～……」と思い鍋のフタを閉めて、とっとと殺っちまおうと強火で煮ると、たいがい吹きこぼす（ホントはジワジワ温度を上げる方が、エキスが出て美味しいと聞くが）。

昔、長編の漫画を連載していた時、テーマがそれに触れるので、本当に極限の状況で必要に迫られたなら、果たして自分は動物を殺せるだろうか？　と、けっこう真剣に考えたことがある。自分が勝てる相手なら殺せると思った。自分を〝大型猫科肉食獣〟に設定しておくと考えやすい。対象は、自分に危害を加えるモノ・生きるために食べるモノだ。

危害を及ぼすモノなら毒虫でも人間でも、同じ勢いで殺せる。しかし今飼っている猫は殺せない。では〈毒虫・人間・飼い猫〉の、どこに違いがあるのかと考えると、〝縁〟以外には思い当たらない。極端な話〝縁〟が介在したら、ハエ一匹殺せないが、〝縁〟も無くただ私の命を脅かす存在なら人間でも殺せる（食べないけどね）。

子供たちに豚を育てさせ、最後に（一応）討論を尽くした揚げ句（シナリオ通り）、殺してありがたく食べさせるという教育（?・）が、話題になったことがある。畜産業のプロ志望でもない子供たちに、わざわざ豚を〝友達〟や〝家族〟に仕立て上げておいてから殺して食べさせるという、人間にしか思いつけない傲慢なエゴだと思った。

本気で子供たちに〝人間とは命を狩って食べる存在だ〟ということを教えたいのなら、ニューギニアのジャングルに連れて行き、矢を射ってコウモリや猿を殺して食べさせる方が、はるかに良い。なぜなら（このケースにおいて）、子供たちにとって豚は縁の出来た〝友達〟だが、猿は自然からの〝恵み〟（贈与）であるからだ。

父が〈おれにはわからない何かが魚にはある〉と言うのは、父にとって魚はリアルな海からの〝恵み〟であると同時に、親しい〝友人〟でもあったからだと思う。そのアンビバレンツに、繊細な少年の心は引き裂かれたのだ。

ラーメンに風情はあるのか

起きるのが遅くなって、朝昼兼用のおかゆ一食になってしまうと、カップラーメンでカロリーを補うことがときどきある。

本当は何と呼ぶのか知らないのだが、私が食べるのは二種類に限られている。ひとつは、ビール用のグラスみたいに、底に近づくにしたがって細くなり、食べ口の方が広くなっている容器に入ったもの。この容器の食べ口の広がり具合は絶妙で、手に持って食べ始めると、安定感もいい。軽食にちょうどいい量にもなっている。おそらく、もっとも初期の頃から、その姿形は少しも変わっていない気がする。その醤油味も変わっていない。特段、うまい味ではないのだが、ごはんと同じで、ちっとも飽きがこない。ラーメンが味を競い合い出した時代になっても、変わらない。むしろ、変わらないところがいいと思える。本当は味も容器も少しずつ改良されているのかもしれないが、それがあまり目立たないところがいい。

私は同人誌を始めるとき、ない知恵をしぼって、どうすれば長続きするかを考えたことがある。内容は同人や寄稿者の力量によって決まるので、それは急にどうなるというものではない。凡庸な頭で考えついたことは、「頂点を造らないこと」だった。勢いにのっても、欲求に応じないで、地ならしを忘れなかった。そのお陰か、読者が減ってもどん底までにいかずに続けられた。それは、カップラーメンの長続きに、どこか似ているのではないかと思えてくる。

もうひとつのカップラーメンは、長方形の紙器（本当は紙の器ではないが、紙器と呼んでおく）で、焼きそば的にソース味に仕上げられたものだ。量がやや多めで、若い頃はよかったが、いまは負担になる。けれども、この量が多いというところに、このカップラーメンの個性があるのだと私は思っている。

以前、知人の結婚式に招かれたとき、この娘さんは食べっぷりが立派だ、と言ったことがある。それがどう受け止められたのかは知らないが、その娘さんの、食べることに関して、何度か素晴らしい風情のところを目撃したことがあった。

テレビ番組でいうと、明石家さんまが大勢の芸能人を前にした司会の重責を終えて、ほっとしたところで一杯の水を飲むときの状態をいつも感心して見ている。ひとつの風情である。

しかしながら、誰がラーメンを風情として食べることができるだろうか。

若い頃、私は札幌市内のラーメン街で、初めて美味なだし汁のラーメンと出会った。思わず、ラーメン店の「はしご」をやって家人をあきれさせたことがある。酒飲みのはしごと同じように、さまにならない風情だったにちがいない。

いまも私は、老人のくせに、ビンに入れた〝煎餅〟と〝グミ〟のはしごをやって血糖値を上げては、世話役の長女を困らせている。

ラーメン新習慣

定番の朝・昼兼の〈おかゆ・温泉卵・芋（か豆）の小鉢・トマト・梅干し〉を用意すると、父は「キミこれ重いよ」と言う。では軽いモノは何か？　と尋ねると、カップラーメン位かなと言う。「あらゆるイミで違う〜!!」と思うのだが、食欲も落ち今やカロリーもそう考える必要も無いし、栄養面ではどこかで〝つじつま〟を合わせればいいやと、よくカップ麺を出した。お気に入りは『カップヌードル』『夜店の焼そば一平ちゃん』『きつねどん兵衛』だった。

父が最後にホンモノのラーメンを食べたのは、近くの博多ラーメンのチェーン店『一蘭』だった。三、四年前だったと思う。妹たちが車で連れて行ってくれた。私が〝小盛〟だの〝あっさり〟だのを選んでいるのに、父はごく標準的な博多ラーメンをペロリと平らげた。父が海で溺れたのを境に、網膜症や歩行障害など一気に糖尿病の合併症を発症した時、母は「人間は一生に食べる量が決まってるのよ。お父ちゃんも食べ納めね」と、冷ややかに言っていたが、それからもまだ父は食べ続けていた。それは〝神に定められた量〟をはるかに超えていたと思う。

私は外食だとついついビールを頼むので、お腹がガポガポになるラーメンはあまり注文しない。当然ラーメン専門店にはほとんど入ったことがない（ビールを頼まなければいいだけの話だが）。しかしある時、中華料理店でピータンをつまみながらビールを飲んでいて気づいた。ラーメンを食べている人のほとんど（主に女子）が、左手に〝れんげ〟を持ち、受け皿のようにして音をたてずに麺を口に運んでいるのだ。それから注意して見ていると、お手軽中華ファミレスでも、皆上品にれんげにちょい乗せしてからラーメンを口に運んでいる。

愕然とした。〝ラーメンブランク〟が長すぎて、まったく知らなかった。私が子供の頃ラーメンは、日本蕎麦のようにズバッと熱々をすする物だったはずだ。

中国では、器に顔を近づけて食べるのは品が悪いとされているので、れんげを小皿代わりに口に運ぶのがマナーだという。どうやら十数年ほど前から、日本でも一般的となった習慣のようだ。最近ではヘタをすると、日本蕎麦でも木製のれんげ様の物が付いてくる。女性たちは何の疑問もなくそこに蕎麦をちょい乗せしてからすすっている。

こうして文化は自然に融合する。そしてその習慣は浸透し、知らずに置きざりにされた人は〝老人〟扱いされていくのだなぁ……と、実感した。

老いてますます

何歳くらいから、老いの自覚がやってくるのか。それは人によってさまざまだろう。

勤務先の定年によって、生活のリズムが変わったとき、という人もいるだろう。足腰が痛くて身体を折りたたみするのがままならなくなった七十歳代のとき、という人もいるにちがいない。老いなんてものは気にもしてなかったのに、八十歳を過ぎた途端、これはいかんと思うようになったと告白する人もいるはずだ。

私の場合は七十歳と八十歳の間で、少し八十歳に近いくらいの頃だったような気がする。

そのとき、何が自分の中で変わったのかを、思いつくままに挙げてみると、ひとつは、自分よりも年寄りだとわかれば、性別や世間的な因縁に関係なく、敬意を表すようになったということ。いきおい、近所で出くわすおばあさんやおじいさんに対して、ということになる。

もうひとつ挙げれば、歯が浮くようになったこと。固いものが食べにくくなったということである。ふだん、お粥などのやわらかい食事をしているから、あごを動かさなくなったためだと考えて、あごをやたら左右に動かしてモノを食べる練習をした。しかし、いっこうによくなる気配がない。

よくよく考えて、あごの問題ではなく「舌」の問題なのではないかと気がついた。

それならばと、「塩せんべい」を買ってきてもらった。スーパーなどで出回っているその多くは、醬油味に甘味を按配して、美味に施したように思える。これを口の中で、味がなくなるまで舌でなめまわし、さらに焦らず、せんべいがふやけてひとりでに喉元から胃へ流れ込むまで、なめまわす。

私の実験では、小丸の塩せんべい三〜四枚をゆったりした気分で、口から胃へと流し込むことを続けたら、同時に肩の凝りが軽くなっていることを知った。老いを自覚した私が考え、実験して実感した意外な効用だった。

もし、せんべいの代わりにお粥状のごはんでもいい、総合ビタミン剤一粒などでもいいから試してみれば、笑い話のネタになるような気もする。

このたびは、小丸の塩せんべい三～四枚を口の中で舌を最大限に動かし、できれば口の外回りまで動かすことで、歯でかむことなしに胃袋に流し込むことができたら、老人たちは小豆か豆腐をおぎなうだけで一食を終えることができるのではないか。そんな工夫をしてみた。
おかしなことをやってばかりで、文句を言われぬよう、太宰治が「鬱勃《うつぼつ》たる雄心の歌」と呼んだことのある、吉井勇の歌を添えておく。

紅燈《こうとう》のちまたにゆきてかへらざる
人《ひと》をまことのわれと思《おも》ふや

老人の王道

生前父は「おじいさんをかばってやったんだが……」などと話していたが、どう考えても〝おじいさん〟は父より十歳は下だった。母と巣鴨の〝老人銀座〟を散歩していた時、「お母さんもこんなの着てみたら?」と店先の洋服を指差すと、「イヤよ〜! お婆さんが着るもんじゃないの」と言う。しかしそれらを着て闊歩《かっぽ》している〝巣鴨マダム〟は母よりも十歳以上若かったと思う。私にしても、人生の半分以上を生きたりっぱなおばさんなのだから、電車でも堂々と座っていていいのに、疲れていそうな若いサラリーマンが前に立つと、何か居心地が悪い。

平均寿命が延びているのだから、精神年齢が十歳位若いのは当然かもしれないが、何か違う。時間の問題ではない。十年たったら私も巣鴨マダムの服を着て、店ごとに試食をし、おしゃべりしながらお地蔵様にお参りして、毎週のように友達と〝日帰りバスツアー〟に出掛けるようになるかというと、決してならない。「もしかして、うちってトシのとり方を間違ってるんじゃないか!?」と気づいた。しかし、うちばかりでなく友人・知人・関係者・読者——見渡せる限り周囲が皆こんな調子なのだから確認のしようもない。

〝正しいおじいさん〟とは、毎晩入れ歯を『ポリデント』に浸してから休み、朝は洗浄剤で口の中をキレイにしてから、入れ歯安定剤でしっかり固定する。固い物でも少しずつゆっくりと何回も噛む。デイケアに行き適度な運動と、二日に一度の入浴で、常に身体の清潔を保ち、軽めの夕食を少々の晩酌と共に食べ、夜九時には就寝する。

完全に踏みはずしている。何をミョ〜な〝実験〟をしているのだ。父は子供の頃から、揚げ餅をドロドロに噛み、一度飲み込んでからまた〝反すう〟して口の中に戻し味わうという趣味があり、親から「きたないことするな」と怒られていたと聞くが、八十歳過ぎても直っていなかったという訳だ。

「そんな癖つけるから、喉のフタが甘くなって誤嚥性肺炎になるんだ！」と、ツッ込みたいところだが、まっとうな老人と比べてどちらが「ＱＯＬ」が高いとか、だからより長生きだったとかは、まったく関係無いと思う。

しかし歳相応にトシをとり、歳相応のうま味を享受する〝人生の王道〟を脱線しているのは、間違いなくこちらの方だろう。

陸ひぢき回想

山形県米沢市の旧制高工に籍を置いていたとき、生まれて初めて食べたおひたしがある。

私は上級生六人、下級生六人の自治寮にいて、そこでは皆の寮費でおばさん一人と、その息子の中学生を雇い、食事の世話を頼んでいた。ときどき、おばさんがつくる食事の中に、副食の添え物として、「陸《おか》ひぢき」と呼ばれるおひたしが登場した。

ちょうど、海藻の黒いひぢきと同じかたちで色だけが緑色だったので、陸ひぢきというわけだ。私たちは冗談が過ぎると、おどけて「垣根」と呼んでいた。陸ひぢきで垣根がつくられている家が町にあったからだ。「また垣根か」などと軽口をたたきながら、けっこうおいしく緑色のおひたしを口にしていた。

陸ひぢきそのものに味はほとんどないに等しく、甘酢で味付けされたそのままの味と言っていい。それでも、緑色がいかにも栄養あり気に感じさせる。それなのに、家を囲む垣根としても植えられている。私は、このおひたしには感心した。

陸ひぢきは、備蓄食物として植えられていたのではないかと想像した。たしか教科書で、米沢上杉藩の節約譚を目にしたような記憶がある。ここまで工夫をして節約をしたのかと空想して、藩財政の深刻さを考えさせられた。

私の若い頃の知人で、父親が亡くなったために、学校を中途で辞めて、跡を継いで農に専心した者がいた。いつも熱心に農を営んでいて、昔の篤農家というのは、彼のような人を言うのだろうと思っていた。

あるとき、家に立ち寄った際に、素朴で幼稚なことを訊ねてみた。日本の農業の稲の品種は南方系のものだと聞いている。でもどうして、新潟だとか秋田だとか寒い地域でいい米が穫れるのかということだ。

彼の答えは単純で明快だった。作物は、日日刻々と天候によって変化するもの。毎日のように、時刻ごとに観察し、その表情に対応して気配りすれば、いいお米ができる。とくに寒さが厳しい地域では、温暖な気候の土地とはちがって、きちんと育てるために、小まめに観察し、注意深く手入れをして、対応を怠らないからだと、彼は答えた。

品種改良、地味、寒暖など、ほかにもたくさんの条件があるのだろうが、それらについては何も言わなかった。素人に言っても仕方がないと思ったのかもしれないが、私は流石《さすが》に彼は篤農家だと感銘を受け、これに倣わんと思った。

海のひぢきは、濃く煮つける。これは海辺育ちの父母のやり方から少し心得ている。それならば、東北の町で味わった陸ひぢきが薄味である理由も見当がつくはずではないか。あれこれ思案したが、いまだに学生時代の寮のおばさんの薄味のおひたしの理由はどんなものだったのか、よくわからないままだ。

同じ自治寮の友だちが亡くなったという報せを受けて、私は陸ひぢきの記憶に思いいたった。

気の毒な野菜

私は実際に「陸ひぢき」が生えているところを見たことは無いが、〝垣根〟になるほど大きく育つ植物ではないという印象はある。どうやら父の記憶する〝垣根〟は別物だったようだが。

陸ひぢきは、知人の有機農法をやっている方からいただくことはあるが、豆腐と共に味噌汁にするくらいの使い方しかしたことが無い。思いの外〝茎〟部分が硬いので、私は柔らかい部分だけを摘んで使う。ビタミンAが豊富な緑黄色野菜だが、わざわざ買ってまで食べようとも思えない。なんとなく積極的になれない〝気の毒な野菜〟だ。

私にとって〝気の毒な野菜〟がもう一つある。「サラダ菜」だ。本当はサラダ菜は、レタスより昔から出回っていた〝葉っぱ物〟だ。私が幼稚園の頃すでに母は、お弁当の彩りのため仕切りとして使っていた。昔からサラダ菜は〝バラン〟代わり（逆か）なのだ。私も買うことはあるが、揚げ物などの下敷き用で、熱と油でよれよれになったサラダ菜は、誰にも食べられることはない。

　私はよく上野の『松坂屋』で買い物をする。昭和の匂いのする、はっきり言ってさえないデパートだが、最寄りだし、意外に生鮮食品（特に魚介類）が充実しているので、スーパー代わりに利用する。それに幼い頃この『松坂屋』のすぐ裏手に住んでいて、毎日のように両親に連れられて来たので〝郷愁〟があるのだ。

『松坂屋』の中に、これまた昔からの『銀サロン』というレストランがある。〝大食堂〟よりちょっと高級感を出し差別化を図って、やや後年に誕生したと記憶する。とは言え四十年以上前からある。先日ショーウインドウ内のサンプルのミックスサンドが美味しそうに見え、何十年かぶりに入ってみた（二〇一〇年当時）。

　期待に違わぬ〝正統〟な味だった。具材は薄切りのハムとチーズ。厚すぎないパンはトーストされ、丁寧に重しをしてから小振りにカットされている。そしてサンドイッチには二、三枚重ねられたサラダ菜が挟まれていた。それが水っぽいレタスなんかより、はるかに濃厚な野菜の味がして美味しいので驚いた。考えてみればレタスは淡色野菜だが、サラダ菜は緑黄色野菜だ。当然風味も栄養価も高い。長年サラダ菜には悪いコトをした。私もサンドイッチには、サラダ菜を使おうと思った。そしてサラダ菜が、ちゃんと〝野菜〟として扱われた時代の〝正統〟を守り続けている昭和のレストランをちょっと見直した。

陸ひぢき迷妄

つい先ごろ、娘たちに誘われて、孫と婿殿と私の男三人は、後楽園遊園地へと出かけた。その日の昼食は、敷地内にある中華そば屋さんへ案内され、ご馳走になった。

なるほど、これは珍しい。客の席は一人ずつ区切られていて、しかも、カウンターのように細長い席が食台になっている。

皮肉を言えば、狭い空間に客をいっぱいに詰め込む工夫がなされているということになるが、見ず知らずの人と隣り合わせで中華そばを食べるときの気遣いや、わずらわしさがないということは、意外といい。勝手な空想に浸れる空間でもある。

独りで食事をするのには、都合がいい場所なのかもしれないと、思った。

ヘンリー・ミラーのような大物の文学者であったなら、自国アメリカを人心の冷蔵庫にたとえて、アメリカ人は赤犬の肉で缶詰をつくるために、駅で立ち食いのハムバーガーを食べて、そそくさと職場へ働きに出かけるのだと悪口を並べるところだろうが、幸い私は平凡な物書きだし、娘たちの親切も孫や婿殿との会食もいい感じで、中華そばは男三人の腹の中にしっかりとおさまり、十分だった気がする。

娘たちがちょうど、いまの孫くらいの頃、後楽園遊園地はジェットコースター人気が、ひとつの最盛期を迎え、超スピードで降りてくる魔力に多くの日本人が酔っていた。

私は、ゆっくりと縦方向に一回転する観覧車から眺める、ジェットコースターの降下する姿と、遊園地の低い仕切りを隔てただけの外側の世界で車や自転車や多くの人たちが流れていく様子との対比が、愉しくてしかたがなかった。

本当の空間と、本当には違いないが遊園地の内側の、どこか浮世離れした遊び空間が同時に並行していることに津々《しんしん》たる関心を覚えたものだ。

ここまで書いてきて、今回、私が本当に言いたかったことと繋ぎ合わせることができる気がする。繋ぎ方がよい出来かどうかは問わないでほしい。

先号で、私は「陸ひぢき」と「垣根」が同じものだと記述したが、どうやらそれは長い間の私の勝手な思い込みだったようだ。地元の人士が編集部に親切に注意してくれた。

備荒植物として植えられていた垣根は「うこぎ」であり、「陸ひぢき」とは別のものだという。私の長い間の迷妄は取り払われたわけだ。ただ口に入れれば、それでいいんだろうという早合点は、食いしん坊の報いというべきだ。

ただ、うこぎという名前を知らせてもらってから考えてみると、語音をかすかに耳にした覚えがあるようだ。

ここでは、農家に備荒用の農保険の必要を説いては日本の農村を巡っていた若き日の民俗学者・柳田國男の姿を思い浮かべてみたい気がする。

「うこぎ」迷妄

昔、「後楽園ゆうえんち」は、いつも〝夕暮れ〟のイメージだった。西側に後楽園球場があったので、西が広く開けていたせいだろうか、夕陽の中〝絶叫〟する人も無いゆるいジェットコースターに乗ったのは愉しい思い出だ。父の言うように、ジェットコースターは「白山通り」と平行して走る部分があり、虚構と現実がない交ぜになる瞬間は、子供ながらに不思議な感覚があった。妹は後楽園のジェットコースター最後の日にそれを惜しみ、友達とコースターの〝激乗り〟に行っていたほどだ。

後楽園は我家から、直線距離で三キロちょいといったところだ。以前住んでいた千駄木の家からも距離的には変わらない。当時後楽園球場はドームでは無かったし、今よりはるかに都市の騒音も少なかったのだろう。長嶋選手の引退の日、王選手の868本の日、球場からの〝生〟の大歓声が響いてきたのを覚えている（でも阪神ファンでゴメンネ）。

後楽園は、場外馬券場やボクシングスタジアム（それらは今もある）、スケートリンクなど〝おやじ臭〟のする昭和の複合娯楽施設だったが、天然温泉を湧出させ、スパ施設や遊園地の他にも、洋服や雑貨や飲食チェーン店が入る、こじゃれた商業空間へと変貌した。『成城石井』が入っているので、私もよく利用するが〝高級スーパー〟らしからず、お弁当・惣菜類がやたら充実している割には、魚介系が全然ダメなところが、「東京ドーム寄り営業だなぁ」と、おもしろい。

さて「陸ひぢき」ならぬ「うこぎ」だが、これも先の有機農法の知人が送ってくれる。本当に春一度きりの旬の香りだ。これこそが〝垣根〟の新芽で、保存・輸送が難しいからだろう、東京ではまったく出廻らない。冷蔵庫に入れても一日二日の内に色も風味も落ちるので、いただいたらすぐにさっと茹で、（七草粥の要領で）塩をして軽く絞っておく。それを昆布水で炊いたご飯に混ぜるだけなのだが、正に〝春の香り〟だ。柑橘系の葉っぱにも似ているが、〝うこぎはうこぎ〟の香りとしか言えない。ほぼ毎年いただいてきたが、〝貴重品〟なので誰にもおすそ分けせずに、私が囲い込んでいた。なので毎年父も「うこぎご飯」を食べていたし、以前は「こりゃ垣根ご飯だ！」と喜んでいたこともある。この本は連載の時系列通りに並んでいる。思えばこの頃から、父の記憶の混同や迷妄は始まっていたのだと思う。

おかひじき
うこぎ
このガクの様な部分も
食べて良いのでしょうか？

有機組
甘い
根っこ
虫救出皿

フランシス子

猫の缶詰

猫用の缶詰が出まわり始めた頃、猫好きの牧師さんの夫人と雑談しているとき、「子供の頃は、ごはんに鰹節をふりかけておくと、いつの間にか猫が平らげていましたが、この頃は猫の世界もぜいたくになりましたね。『猫の缶詰』ができましたから」と、私が言うと、牧師さんの夫人は急に怪訝《けげん》そうな真に迫った表情になり、「猫の缶詰ですか」と、聞き返してきた。

こちらも、何か気に入らないことを言ったかなと、少し怪訝な表情になり、口をつぐんだ。だが、すぐにわかった。牧師さんの夫人は

「猫の缶詰」というのを、猫用の缶詰という意味に捉えず、猫の肉の缶詰と受け取ったのだ。一瞬あとに、お互い気がついて、大笑いとなった。猫の肉ではないが、赤犬の肉がおいしいという俗説を、あのヘンリー・ミラーも使っていたと記憶する。

私は猫博士である長女に、猫用の缶詰にはどんなものがあるのかと、訊ねてみた。猫は肉食だから鶏や牛の肉が入っているのだと言う。また薄味の魚の缶詰もある。それを食べる方の猫も、好みによって、海老しか食べないとか、特別な美食の猫もいるよ、ということであった。種のちがい、自然風土のちがい、地域のちがい、共存している飼い主のちがいが、大きいにちがいない。

わが家で現在、暮らしている最長老は、フランという、たぶん十五歳ほどの猫だ。牛肉と海老のおかずの切れ端を持っていくと、私が腰を落とすのももどかしいようで、鼻づらで私の手を押しのけるように食事を取っていく。焼き魚を持っていっても、やることはそれに近い。

私はかねてから、猫は海の近くだとか川筋の近くが本拠地なのではないかと、思っていた。先代の長老が亡くなって、現在の長老を相手にするようになってから、ますますその思いは強くなった。だが、それは私の思い過ごしで、猫博士の長女は、「海の匂いは日本の猫の特性と考えたほうがいいんだよ」と、解釈をしていた。海と川の幻想は、私に付着しているものなのかもしれない。

わが家の最長老、フランちゃんは、母親に置き去られ、カラスにつつかれて血を流しているところを、長女が助け、獣医さんのもとへと連れて行った猫で、そのときフランはまだ幼かった。フランの長寿を見るにつけ、猫世界の医療の発達も目を見張るものがある。

猫には長い間、付き合ってきたが、まだまだわからないところ、非合理と思えるところがあり、犬のように単純明快ではない。昔から化け猫の話が伝承されているのは、この非合理性を人間が理解できていないからではないだろうか。

知り合いの素晴らしい大工さんは、家を引越しするとき、猫を置いていく内緒話を猫に聞かれた。すると、その猫は、たんすの高みから飛び降りた。大工さんは、猫が自殺をしようとしたのだと信じている。

フランシス子と父

　フランちゃんこと「フランシス子（♀）」は、父の〝愛人〟と言われていた猫だ。父が海老天の切れ端や牛丼の肉を持って書斎に入るのを待ち構え、定位置の座椅子に座るやフランシス子も父の胡座《あぐら》の中に入り、父も噛んでやった食べ物を与えたりして、イチャイチャと〝二人〟だけの時間を過ごしていた。フランシス子の目当ては食べ物ではない。食べてもほんの一欠けか舐める程度だ。フランシス子は他の猫とあまり交わらず、自分から甘えてこないので、私も特に構ってやらなかった。フランシス子は、自分だけに向けられた〝愛〟が欲しかったのだ。

　現代の猫の主食は〝カリカリ〟と呼ばれるペレット状のドライフードだ。栄養やミネラルバランスなどの点では完全食だ。基本カリカリと水だけで生きていける。また食感や風味も研究され尽くしているのだろう。飼い猫からノラ猫まで、カリカリを食べない猫はいない（中には不人気商品もあるが）。しかしそれだけでは味気無かろうと、つい人間は〝猫缶〟やら肉や魚などの〝副食〟を与えてしまう。この〝副食〟が、あきれるほど千差万別なのだ。鶏肉は食べても魚は食べない。魚でも焼けば食べるが生は食べない。練り物好き・海苔好き・鰹節好き・野菜好き・炭水化物好き――同じ物を食べて育った兄弟でも好き嫌いは異なるし、かなり飢えていても嫌いな物は〝拒否る〟。

日本は海に囲まれた島国だし、天候に敏感な猫は特に漁師町で大事にされてきた。だから〝猫には魚〟のイメージが定着しているが、モンゴルなら〝猫に羊〟だし、〝猫に牛〟の地域も存在しそうだ。日本に流れ着いた猫の遺伝子の多様さが、味の好みの多様さに反映しているのだろう。また猫は同期複妊娠も可能なので、一匹の雌のお腹に同時にいる兄弟でも、父親が違う場合がある。それがまた遺伝子の多様化に拍車をかけているのかも知れない。

フランシス子は、二〇一一年六月に急性腎不全で死んだ。その時父の中で何かが終わった。〝守り守られる〟対の関係を喪失したのだ。妻も娘たちも最早その対象ではない。父にとってフランシス子が唯一、愛せば同等の愛を返してくれる対象だったのだ。

その頃から父は眠りがちになり、半ば夢の中で思考するようになった。父が亡くなったのは、フランシス子の死から九ヶ月後だった。

虎といつまでも

私の家では、プロ野球でどこがファンだと問われたら、阪神ファンだと代返してもらって文句は出ないだろう。けれど、なぜだと訊ねられたら、それぞれ異なる理由を挙げるだろうから、誰にも代返はできない。

お前の理由は何だと、再び私が問いかけられたら、いちおう気取って、選手の雰囲気が「素質ある怠け者」の感じを発散させるところが好きだからだと答える。本当に怠け者かどうかは知らないし、第一に怠け者ではプロの運動選手にはなれないだろう。

ファンは選手が発散する雰囲気で贔屓《ひいき》をそれぞれこしらえて一喜一憂し、その日一日の仕事での鬱屈を解消したり、勝手にテレビを蹴飛ばしたりしているに違いない。

私は出版社や編集者との交渉のやり取りで面白からぬことがあっても、贔屓の阪神の「素質ある怠け者」たちが勝ったりすると気分がよくなるし、ダメ虎的に連敗が続いたりすると、ますます不機嫌が残ることとなる。私個人で言うと、これが田淵、掛布の現役時代から現在の真弓タイガースまで続いている。

プロ野球チームの監督、選手たちはもっと気骨が折れることに違いない。勝手なファンの思い込みで怠け者のダメ虎になったり、持ち上げられたりするのだから。

それでもファンを軽く見たり、勝手なことを言う奴の機嫌、不機嫌に付き合ってられるかと思ったりすると、すぐにわかってしまう。振る舞いや表情に現われ、ファンは読み取ってしまうものだ。

私も職業柄、すぐにそれが体感できる気がする。公開される部分を職業がもっているということは、怖いことだ。自分の実感だけでも、いい発言も悪い発言も、いい沈黙も悪い沈黙もファンにはすぐにわかってしまう。

人間の心と身体が関与する事柄である限り、赤ちゃん（あるいは生まれる直前）のときから、それはわかっていると、母親は思ったほうがいいだろう。先生にしても、たとえ幼稚園児であっても、わかられていると思ったほうがいい。与太郎の政治家が文科大臣になって学校事務に携わっても同じことだ。

最後は愉しく締めくくろう。

阪神タイガースが優勝したときは、内々のファンが寄り集まって、長女が得意の劇画の手法で、黄色のいり玉子と鋼色の海苔でタテジマのユニフォームにちなんだ寿司をつくって、一杯やることになっている。

もちろんそのときは、小学生だったころ、同級の女子と二人きりで甲子園まで出かけたわが家の阪神ファンの先駆者で、いまは卒業したとばかりに、涼しい顔をしている次女の家族を亭主、孫を含めて招聘《しょうへい》しようと待ち構えているのだが、肝心のトラさんチームのほうが、開幕してから二ヶ月が経とうとしている現在、セ・リーグ三位、四位、ときには五位のところを漂っている。

愉しくもまた、切ない現実のまま、水無月に入りそうだ。

最強の呪い

〝阪神ファン〟であるということは、自ら苦難の人生を選択するようなものだ。

野球のみならず、特定のスポーツチームのファンになるのは、ある日突然〝呪い〟にかかるのと同じだ（『ドラクエ』の〝呪い〟の音楽を思い浮かべてみよう！）。精神衛生上よろしくないので、なんとか〝降りよう〟と思うのだが、何せ〝呪い〟なので易々とは解けない。ファンであることに、まったく論理性も無い。経営陣ダメ・フロントダメ・スカウトダメ・ベンチダメ——なので当然選手ダメ。しかもその元凶は、私の最も嫌悪するところの、ケチや欲や手抜きだったりする。まるで今の日本の政治・社会そのものだが、易々と〝日本〟に見切りをつけて海外脱出できないように、ファンであることからは降りられない。さらにツライのは、まったくの〝一方通行〟であることだ。政治なら、選挙とかデモとか多少なりとも参加できる部分もあるが、ファンはせいぜい球場で吠えるか、グッズを買う位しかできない。

妹などは、野球よりも〝色・恋〟に忙しくなる高校生頃には早々とファンを卒業し、今では〝ＯＢ〟を公言しているが、〝残念〟なのは残された家族の方だ。見事ハマったのが、まずいことに丁度二十一年ぶりの優勝となった一九八五年だった。「優勝マジック」が減っていく数日間は、人生最大級の至福の時だった。今ならツイッターでつぶやくところだが、当時は街中や電車の中で、耳にラジオのイヤホンをつっ込んでニマニマしてるとか、さりげなく阪神ステッカーを貼ったり、グッズをぶら下げてるとかが〝共有〟のサインだった。阪神ファンと分かれば、すれ違う見知らぬ人同士で、ハイタッチしそうな勢いだった。

またこの年、母のカンも最高にさえていた。神宮球場の「この日」と選択したチケットを買ったら、本当にその日に優勝した。またこの頃父が、スポーツ誌の仕事をしていたので、「日本シリーズ」の対戦相手〝西武戦〟のチケットをもらえることになった。そしてやはり母が選択した試合で〝日本一〟となった。つまり、リーグ優勝も日本一も生の現場で観てしまったという訳だ。これ以上の〝呪い〟があるだろうか。

父も母も老いてから、ここ数年はＴＶでの試合をベタで観ることも、阪神ファンの〝(東京における) 聖地〟「神宮球場」へ出向くことも無くなったが、天井の無い開放された球場の夜の空とカクテルライトの下で食べるホットドッグと生ビールは、正に私にとっての〝思い出と思い込みの味〟なのだ。

ままならないこと

以前に一度だけ、フランス料理の研究家と「食」について対談した折、留置場の食事に少し触れたことがある。

留置場に送られた初日は、「何か食べたいものがあるか」と、取調官から訊ねられた。私はすぐに、その頃、好きでよく食べていた「カツ丼」と答えた。

「費用は押収された財布の中から取ってください」とも付け加えた。これ以上、負債を負いたくないという微意からであった。

おいしいとか、まずいとか考えるだけの心の余裕はなかったが、好物の味という感じだけは馴染むように、口いっぱいにやってきた。

二日目からの食事は、留置された学生さんたちと一緒に、ひとつの部屋で食べたと記憶している。何を食べたかは、それぞれで差し入れしてくれた家族や知人によって違っていたように思えたが、熱心にじろじろ観察したわけではない。みな黙々と、所在なさそうな顔で食べていた。

私には板海苔で包み、真ん中に梅干しが入ったおにぎりが回ってきた。名札が付いているわけでもないので、「何だって食べられればいいよ。ありがたい」という気持ちで遠慮なく頂戴した。

留置場では毎日、お茶碗でお茶が出されたのだが、そのことで思い出すことがある。一日だけ、なぜだか私にだけおにぎりが回ってこない日があって、私はみなが食べる姿を、お茶を飲みながら、ただ眺めて過ごした。

私は物欲しそうな顔をしていたのか、寂しそうな顔をしていたか、それとも平気な顔をしていろと自分に言い聞かせていたか、心情はよく覚えてはいないが、そのときの残像だけははっきりと残っている。

これが六十年安保闘争のときの、お粗末な私の留置場の食事体験である。

現在では、どのような定めになっているか知らないが、六十年頃には、「やくざ」小説や映画の中で、「臭い飯」を何回食べたとか食べないとかという台詞が、やくざの凄みや貫禄、ちんぴらの引け目の代名詞として使われていたものだ。

私が雑居房で食べたものが、雑居房一般のものなのか、学生さんの親御さんがわが子のために差し入れた食べ物の余波だったのか、いまでは判断できない。

本当の「臭い飯」は、真夏のある日、父と母が仕事で留守のとき、家のおひつを開けて食べようとしたときに、しばしば体験した。

留置場の食事が現在、どう進歩しているのか知らない。ただ、いまでも憤怒をかきたてられるのは、留置場に入れられたばかりのとき、むき出しのブリキ製の便器のそばで寝たときの臭気だ。これだけは許せぬ、すべての敵は敵だ、正義づらや味方づらをするな、お前の言葉は、受け身な融和だという思いにとらわれた。それはどんな新入りでも同じだった気がする。所詮は敵への融合にすぎないと、思えるのだ。

レジ袋おばさん参上！

父の時代体験からすれば〝雲泥〟だが、私はイマ時の飲食店での、ささやかな〝差別体験〟位しか語るネタを持ち合わせていない。

私はよくスーパーやデパートのレジ袋をぶら下げ、ほぼ普段着で〝そこそこ〟こじゃれた店に、ふらりと一人で入ることがある。開店直後のまだ空いている時間帯でも、八割方カウンター席に案内される。厨房の中などが見渡せる、ゆったりとした設計のカウンターなら良いが、あまりにもせせこましい場合は、「長居はしないので、テーブル席ではダメですか？」と聞く。それを断られたら「ゴメンナサイ。疲れてちゃんと座りたかったので」と、店を出る。予約席であったとしても、ピークの時間帯以外なら問題はないはずだ。それに先に「長居はしない」と宣言している。店は一人の客の居心地よりも、テーブルを片付けセッティングする、たかだか二、三分の手間や時間をケチることを優先しているのだ。

レジ袋を下げたおばさんは軽んじられる。金は落とさないし、お得意様にもなりそうにない。注文しても〝上客〟より後廻しにされる――（確率が高い）。二十分・三十分と、あまりにヒドイ場合は催促してみる。「ああっ……ただ今やっておりますので」と言われたら〃蕎麦屋の出前〃同様、注文が通っていない。その時は「ゴメンナサイ。もう時間がありませんので」と、ニッと笑って店を出る。

　マジで両手に合わせて二〇キロ位のレジ袋を下げている時がある。おまけに〃枝物〃の花まで担いでいたりする。夏の夕方など、たまらず目の前の居酒屋に突入する。繁盛店なら迷わずカウンターに座り、大量の荷物をグリグリと脚の間につっ込み、生ビール（中）を注文する。店の〃御品書き〃を見廻し、〃生中〃が置かれたタイミングで、軽い肴か串物を注文する。私は厨房の人の〃手際〃を見るのが大好きなので飽きない。料理が置かれた時〃生中〃二杯目を頼む。食べ終えると同時にビールも飲み干し、お勘定をする。その間二十分足らず。すでにぬるそうなジョッキを傾けている〃通〃ぶったカップル。チビチビと日本酒をやりながら最後に〃炭水化物〃を頼みそうなオヤジ。店の大将の間にも「このヒト何者⁉」の空気が流れる。〃レジ袋おばさん〃は、カテゴリー不明なのだ！

飲みものを試す

私の青春時代は、アルコール性の飲みものの時代だった。お金がないときは、居酒屋さんでコップ一杯の酒を一気に飲んで、駆け足で学生寮に戻ってくる。そうすると、なんとなく酔い心地がしてくる。

少しお金があるときは、町外れの農家に出かけ、雪の下に埋めるように蓄えられた濁酒《どぶろく》を買ってきて、みんなでわけて飲んだ。口当たりがよく、甘味が利くので、ときには急性アル中の態で正体なしになることもあった。

それがいつの間にか変化し、かく言う私自身も血糖値の心配をして、アルコールを慎むようになってしまった。憐れと言うべきか、情けないと言うべきか、お前も人の子と言うべきか。

そこで、非アルコール飲料に挑戦してみた。

①お茶

②果汁

③ジュース

④紅茶

⑤コーラ

冷蔵庫で冷やしたところ、どれもそれぞれの持ち味がよく出ていて、おいしかったけれど、常温に近づくにつれ、お茶（日本茶）は渋味、ジュースは甘味が目立つようになった。果汁も甘味が強く出てくるようになった。紅茶とコーラは元の味を保ったままであった。最終的に常温まで元の味が保持されたのは、このふたつだけであった。

どこの製品かは記せないが、いつどこででも手に入れられる、ごく普通のものである。温度による味の変化がない紅茶とコーラに、どのような工夫があるのかわからない。

翌日まで常温のまま蓋をしておいて、また飲んでみた。が、どの飲みものにも味の変化はひとつもなかった。これは意外とも言えるし、流石だなとも思った。

結局、お前はどの飲料を常用するかと問われたら、紅茶かコーラと言うよりほか仕方がないのではないか。なぜなら、少年のとき飲んだおいしい井戸水や、岩伝いに落ちてくる天然水の味を連想したのは、このふたつだったのだ。それが果たして当たっているのかどうかも、年寄りの鈍った味覚のせいでそう思えたのかもわからない。また特別、このことで自己主張をしたいという見識もない。それでは無意味だと言われたら、そんなことはないよと、答える。一人のシンカーは思想家であるかどうかわからないが、思想者であることは確かで、無意味なことに耐えることを身上にしている者を指している。場合によっては職業とすることもありえる。

ただ、現在でも良いことばかりを決して言うまい、お説教は決してしないという、自分の中での戒律だけは守ろうとしているのだが、これも少し怪しくなっている。

信念はどこへいったのかと、嘆かわしくなる。良いことばかり言う集団や個人が増える社会は衰亡していく。私はまず、私自身を「良いこと言いの悪癖」から切り離したい。

実験好き

さて——父がこの〝食べ（飲み）比べ〟を始めるのは、かなりネタ捜しに苦しんでいる時だ。この選択基準不明の飲み物五種類では、まったく比較の体を成していないが、いつまでも〝姿勢〟だけは理系だなぁ——と思う。文中にもあるが、最初は一見無意味とも思われるデータの集積と比較こそが、父をある種特異な〝思想家〟としての職業を持続させる強固な裏打ちとなったのだろう。

基本〝理系〟——言い替えるなら〝オタク〟なのだ。かく言う私も、興味を引く物事があると、データの集積と比較に励んでしまう。京都の学生時代にハマったのが〝銭湯〟だった。現在なら〝案内マップ〟位ありそうだが、当時はただ闇雲に自転車で、街や路地を巡りながらの行き当たりばったりだった。銭湯の造りや設備、雰囲気などをノートに書き込み、ただそれを集めることだけがヨロコビだった。風呂上がりには、ビールならぬ栄養ドリンクの飲み比べだった。『オロナミンC』や『リポビタンD』から始まって、学生としては〝破格〟の一〇〇〇円台ドリンクまで、二十種類以上を飲み比べた。どう見ても〝女子大生〟の趣味では無い。

父も栄養ドリンクにハマった時期がある。一九九〇年代末だった。父は糖尿病の合併症である〝尿モレ〟に悩まされ始めた。糖尿病は末梢の血管や神経がやられるので、尿意が中枢神経まで伝わる前に、気付かずモレてしまうのだ。その頃、脚の方もかなりおぼつかなくなってきていたが、尿モレはダイレクトに人間のプライドを挫《くじ》く。そこで実験好き薬物好きの父のことだ、『ユンケル（のかなり高価なヤツ）』と『キューピーコーワゴールド』と、あるカゼ薬の組み合わせで、尿モレが軽減することを発見した。おそらくそれらに含まれる「エフェドリン」などの交感神経興奮物質の相乗効果なのだろうが、そんなのが身体に良いはずが無い。血液検査で肝臓の数値に異常が出て、やめざるを得なかった。

それから二、三年後、大腸がんの手術での入院中、看護師さんたちと〝モレない工夫〟を巡って、さんざんすったもんだを演じていた時、我家の〝舎弟〟ガンちゃんが「おしっこ七回分吸収」が売りの、はくタイプのおむつを購入してきたら、あっさりそれを受け入れたので大コケした。その後も「こりゃいいや」と、生涯はき続けた。

ある一線を越えた瞬間から意地をかなぐり捨て、限りなく自分を許す——というのも、父の珍妙な特質だと思う。

焼きそばのはじめとおわり

江戸の幕府が、大阪の佃村から集団移住させた大川（隅田川）の最初の三角州を、私たち子供は元佃と呼んでいた。

ちょうど遊び盛りのころ、そこに新佃島、月島一丁目から三丁目までが品川湾に継ぎ足され、四号埋立地（晴海）が造成される。

私の住み慣れた長屋や行き慣れた駄菓子屋さんは新佃島にあった。その一軒が焼きそばの食べはじめ。駄菓子屋さんだった。たったひとつの鉄板と炭の温かさに手をかざしたり、汗を袖口で拭いたりして、通いつめた。駄菓子のせんべいや飴玉よりも、焼きそばやどんどん焼きをよく食べたのだった。

どんどん焼きは自分で焼いたが、焼きそばは店のおばさんが焼いてくれた。いまでも存命なら百四十歳くらいと思う。おばさんの焼く焼きそばの味は美味で、私自身はその後、何度も何度も焼きそばづくりを試みたが、その味には近づけない。

分析すると、炭火の温度とソースを入れる時期、ヘラの使い方が絶妙だったと言うほかない。そばが焼け、ソースがこげる匂いと味、水気の飛ばし方と手さばきが一体となってはじめてできる、まさにおばさんの手腕によるところが大きかった。

もしかすると、私自身の幼少年期に対するあこがれや、おばさん（太田のおばさんと子供仲間では通称があった）への片思いな切なさやあこがれが入っていたかもしれないから、あまり誇張すると嘘らしい本当や、本当らしい嘘になってしまう。

おばさんのつくったせっかくの美味に、ソースを足してびちょびちょにして喉の奥に流し込んだ記憶が、おばさんの味を自分の味に変えたい願望の表象だったのではないかと意味づけてみるが、なおさら嘘っぱちが広がっていく思いに、自分の現在の詩をかけようとしている気がする。

焼きそばの美味の最後の記憶は、上野の山の側下の中華屋さんだった。めったに出会わない太い乾燥中華麺に、白菜や豚肉や人参が入った熱々のとろみがかかり、そのとろみの味と太い麺の組み合わせが絶妙で、ほかでは味わえないものだった。

ちょうど食べ歩きが趣味のようなころで、血糖値を上げるのに精を出していた時期だったから、これとて半世紀も前のことですよと弁解しなければ、恥ずかしいと言わなければならないだろう。

　食というものの怖さはアルコール中毒の怖さに劣るものではない。アルコールは禁止が有効だが、食は禁止が効かない。私は食を制限させられたとき、一日六十本くらい吸っていたたばこをやめるほうがつらいだろうと思って摂食と同時に禁煙を試みたが、たばこは三ヶ月くらいでやめられたというのに、食に関しては現在でもあやしい。酒をやめることは、たばこよりも、やさしいと思っていたが、本当のところはわからない気がする。

戻れない時間の味

当時は本当に「どんどん焼き」と呼ばれていたのか、父の記憶がアヤシクなってきていたのかは分からないが、父が言いたいたいのは「もんじゃ焼き」のことだ。

初期のもんじゃ焼きには、何が入っていたのか父に聞いたことがある。現在のようにキャベツも入っていない。具材はせいぜい切りイカと干しエビ位で、ソース味の泥水のような生地だったという。でもそれを子供たちだけに任されてちょっと〝料理気分〟で、時には熱々の鉄板でヤケドなんかして、コゲの作り方を競ったりしながらわいわい食べるのは、さぞかし愉しい思い出だったことだろう。

実は私が〝もんじゃ焼き店〟を初めて見たのは意外に遅く、二十数年前だった。根津に〈下町の味もんじゃ焼き〉という看板が出ていて、「何じゃコレ？　ずっと下町に住んでるけど初耳だぞ」と思った。数十年の空白期間もんじゃ焼きは、どこでどう生き残り進化してきたのかは不明だが、いわゆる〝谷根千〟辺りの下町ではなく、湾岸や〝川向こう〟の駄菓子屋や居酒屋の味だったのだろう。

父が西伊豆で溺れた時、夜所在なげにうだうだしていた妹の友人達が、たまたま入ったのが、宿の近くの『清乃《きよの》』という居酒屋だった。女将が「田中美佐子」似だというので、皆で見に行った——まぁ……系統的には〝美佐子〟でいいと思う！明るく元気な女将さんと、年下らしい寡黙な旦那さんとで切り盛りする小さな店だった。皆気に入って毎夏通うようになった。特に焼きそばが美味しかった。何の変哲もない中太の中華麺と、もしかして〝粉末ソース〟かな（私は液体ソースよりも粉末の方が好きだ）という位〝ふつう〟なのだが、皆それを食べに行くのを楽しみにしていた。父も母も何度か通うことができた。『清乃』は、うちの母の骨折などで西伊豆に行けなくなる二年前に、店を閉じてしまった。皆しょんぼりだった。あの町での夜の楽しみを失ってしまった。両親の最後の西伊豆行きとなった夏、清乃さんはもう店は無いのに、焼きそばを作って宿まで持って来てくれた。焼きそばは変わらず美味しかった。しかしもう決してあの店で、皆でわいわいと分け合って食べることは無いのだ。二度と戻れない時間の味だった。

野菜の品定め

子供のころはいまよりも、野菜さんが美味だった気がして仕方がない。

お前、年齢をくったせいで昔は味がよかったと思い込んでいるだけではないのかとか、口が老齢化したせいにすぎないとか、何遍も自問自答を繰り返してみるのだが、それでも思い直す気になれないから、思い込みにしても、自分の中では相当な頑固になっているにちがいない。

たとえば、ほうれん草のおひたしにしても、深緑の葉の色や、赤みを帯びた根っこの甘味、舌から口に広がる味のふくらみは、忘れることなく、記憶に残っている。

最近は、ほうれん草のおひたしも縮こまっていて、口の中でやっと、あぁほうれん草だなぁとわかる程度で、それはひたし方のせいだとか、安物を買うからだとか言われたくないから、度重なった話であるということと、けっして誇張ではないということは、主張しておきたい気がする。

子供のころ、ほうれん草のおひたしにかつお節を振りかけて、醬油をたらし、それだけで温かいごはんをかき込んで満足したことは数知れない。いまでは、それが夢のように思える。

私は若気の残っているころは、食材をその調理法と使われている材料とともに整理して並べれば、階層とか階級とかとパラレルな関係が、ある程度、正確に浮かび上がってくるのではないかと考えていた。いまでは、それが山の彼方であるような気がする。

これは相当な難問であった。たとえば、生で食べられる食材には温めていいものと、温めることができないものがあり、保存についても区別がある。生もの、煮るもの、焼くもの、発酵するものの区別だけがかろうじて、時間（時代）的な差異に関係づけられるような気がした。しかし関係づけても、知恵をはたらかせると、それは無意味だと思えてくる。私のこの考え方の方向は逆なのだ。人間は生活環境や遺伝子や種の相違、文化、文明、言語の相違にもかかわらず、ただひとつの平等だと言い切ると、その可能性の前に立っているのは、食の平等性とそこから波及する諸々の平等性だけであろうと、思えてくるからだ。

太古の時代の「農」の初めは、どの種族でも民族でも、山野に密生したものと同じものを栽培できるよう、自分たちで見つけ出し、口伝に広めていったのだろう。

そのときから、ほうれん草は鮮やかな緑と赤い根っこだったのだろうかと、空想する。機会があれば、農学者ではなく、農家にもどうなっていたのか聞いてみたい気がする。

ときに私は、自分が脳で食べ物の味をわかるのではなく、目にする色調と舌触りで感じているような気がして、しきりにこだわっている。

有機ジレンマ

父の舌はまったくもって正しい。最近の殿方は、家事にも積極的に参加されるらしいが、〝食通〟と呼ばれる方々でも、どれだけの男性が自分でスーパーのほうれん草を買ったことがあるだろうか。

最近のほうれん草は、根っこがあまり赤くない。急いでいると間違って小松菜を手に取ってしまうほどだ。アクもあまり強くない。サッと水にさらす程度でいいし、根っこは実に中途半端な甘味なので、ほとんどの場合捨ててしまう。〝サラダほうれん草〟という、まったくアクの無い生食用のほうれん草も売っているが、わざわざサラダにほうれん草を使うイミが分からない。サラダに緑黄色野菜を入れたいのなら、トマトや茹でたブロッコリーで充分だ。

我家はずっと下町周辺だったので、常にお惣菜は買えたし、お客さんが多かったので店屋物や外食も多かった。朝から晩まで完全〝家食〟の日は、一年の三分の一程度ではなかっただろうか。さらに母は食べるのも作るのも嫌いだったので、母の献立は白飯（炊き込みご飯は〝汚れたご飯〟と言って嫌いだった）・アジの干物か豚ロースの薄切りを焼いたのか豆腐・ほうれん草を茹でたのに鰹節と醤油をかけた物（ゴマ和えは〝甘い〟から嫌いだった）・わかめとねぎの味噌汁（煮えた豆腐は嫌いなので入れなかった）が定番だった。禅寺のメニューよりシンプルである。それでも当時のほうれん草の赤い根っこは甘くて美味しく、まな板で母が切り落とすのをねだって食べたのが、私の唯一の〝お袋の味〟かもしれない（と、書いているだけでなさけなくなるが）。

近年の野菜のマズさは、大量に安定的に生産することと、輸送の都合の結果だろう。野菜はたいがい〝早摘み〟され、店に並べられる時食べ頃となる。つまり土の中や上で〝成熟〟していないのだ。

有機農法のほうれん草をいただくが、さすがにアクが強い。〝スーパー野菜〟の要領で、チャッチャと二、三分で水から上げてしまうと、まだエグかったりする。キャベツにしこたま青虫が付いていることもあった。食べてしまったらイヤだし、（都会では）貴重なモンシロチョウになるのだ。数ミリのから二、三センチの物まで一匹ずつ丁寧に〝救出〟している内に三十分以上かかり、「ウッキ〜！」とキレて丸ごと隣の墓地に投げ捨てたこともある。

わずかばかりの時間と引き替えに、美味しさを捨てているのは都会人の方なのだ。

甘味の自叙伝

甘味のことでは、子供の頃に気恥ずかしい記憶がある。

弟がまだ赤ん坊で、母からおっぱいをもらっていた折のことだ。それを見ていた私は四、五歳くらいだったと思う。

私がよほどうらやましそうな表情で見ていたからか、母は弟への授乳を途中でやめると、からかうような口調で「お前も飲むかえ」と、九州訛りのアクセントで言い、おっぱいを私のほうに向けてきた。

私はためらうことなく、すぐに母のほうへとにじり寄り、お乳をひとくち飲んだ。その瞬間、私は急に恥ずかしくなり、しまったと自分に無言の制止を加えようとしたのだが、もう遅い。母は笑い、傍らにいた父はからかいの言葉を発し、私はすぐに乳房から離れた。

それはなんとも言えぬ恥ずかしさで、私が成長して老齢に至る現在まで尾を引くほどの恥ずかしさだった。

私は母のおっぱいで育ったはずなのだが、母乳がどんな味だったのかと他人に問われたら、記憶ではそのとき、つまり弟の授乳を、かすめて飲んだときの味になっている。

幼少年のとき、すでに私たちが「鉄砲玉」と呼んでいた直径一・五センチほどの飴玉があった。外側をザラメでまぶした一個一銭の飴玉で、駄菓子屋さんに通っていた私は、その甘味を知っていた。

残念というか、比較対象の乏しさというか、母乳の甘味は遥かにその飴玉に及ばなかった。おまけに薄味で、どう思い直しても母乳の舌応えは鉄砲玉に劣るものだった。

こうした落胆にも関わらず、匂いといえばいいのか、味わいといえばいいのか、母乳にはかすかな親密感があった。もっともこれは、少し後年になってから感じた悔し紛れのエコひいきかもしれない。

母乳の甘味に近いものとなると何か。このことについては、まともに考えたことがたびたびあった。

その思考の中での決定打は、やはりお米、ごはんということになりそうだ。白米を炊いたときの薄甘い匂いと味。もし、この世でもっとも上級なお米を炊いたら、その薄甘味と味のふくらみは、いかほどのものだろうかと空想する。

いまでも、ときどき外食して、うな丼やカツ丼、天丼などを食べることがあるが、あぁこの丼のごはんが、もっとおいしいものだったら、よりおいしさが増すのになぁと思うときがある。

おそらく、具よりも米のほうが、上級にさせやすいのではないか。食材の良否の体験は、経済や政治の問題になるが、味覚の問題は文化と文明の民俗性、その固有さと普遍性の問題だと言えそうな気がする。

古歌にも「駒とめて　袖うち拂ふ　かげもなし　佐野のわたりの雪のゆふぐれ」と、あるではないか。

おっぱいと血

この〝おっぱい体験〟は、男の子ならほとんどの人が経験しているだろう。さらに赤ちゃんが産まれた時、奥さんのおっぱいを吸ったことのある男性諸氏よ！ 白状しよう。かなりいるはずだ。

私も四、五歳頃だった。母と一緒にお風呂に入っていた時、衝動的に乳首に吸い付いたことがある。まだ〝妹〟は出来ていなかったので、もちろんおっぱいは出なかった。そして何を思ったのだろう。思い切り母の乳首を嚙んでしまったのだ。ダラダラと血が流れ、母は「痛たたっ！」と、あわてて手当てに風呂場を飛び出して行った。

もちろんそれで怒られたり責められたりすることは無かったが、以後私は恥ずかしさと自責の念と、自分でも説明できない突然の行動の不可解さを繰り返し思い出すこととなった。

〝猫〟と深く付き合うようになって、その性格と知能の個体差は、人間の場合とまったく変わらない〝幅〟があることを知った。つまり同じ〝人類〟でも、回転が速いキレ者もいれば、豪胆で細かい事にこだわらない人、ちょいおバカだけどカンが鋭い人――など、猫も一匹として同じ〝猫格〟はいない。

父の「〝愛人〟フランシス子」も、かなりやっかいな猫だったが、うちの「〝女優〟シロミ」も、たいへん複雑な情動の持ち主だ。自分が愉しかったり気持ちの良い状態になると怒り出す。可愛がられているといきなり噛む。そうしてしまった自責といたたまれなさに、より一層キビシク噛む。

この猫と付き合う内に、あの時の自分の行動の理由が分かるような気がした。

私は母の病後まもなく産まれたので、母の身体の負担を考え、生後三ヶ月位で〝断乳〟させざるを得なかったと聞く。たぶんあの頃の私は、まだおっぱいに飢えていたのだ。吸い付いてみたが何も出なかったので、口惜しくなってちょい噛んでしまった。その瞬間のしまった！　という後悔と、いいトシして何やってるんだ！という恥ずかしさから、その〝場〟の空気をブチ壊して〝帳消し〟にしたい思いで、さらに強く噛んでしまったのだと考えている。

妹が産まれた時、搾乳器の中の母乳をちょっと手の平にもらって舐めた。牛乳に砂糖を加えさらに水で薄めた位の甘さだ。父の言う通り、ご飯をずっと口の中で噛んでいた時の味に近い。でんぷんが酵素で分解された甘味だ。そしてちょっぴりの塩味も感じられた。やはり母乳は母親の〝血〟の味なのだ。

塩せんべいはどこへ

「塩せんべい」という呼び方を、子供時代から、ずっと使っている記憶がある。

塩せんべいは、ふつうの醤油味のせんべいだ。はじめ塩味だったのが、途中で醤油味に変わったのかどうかは知らないが、子供のときから現在まで、塩せんべいと呼んでも、ちっとも変な気はしない。国電日暮里駅裏にあった店の常連だった私は、道ひとつ駒込寄りに引っ越したときに、その店と出会った。

何でもないせんべいの店だと思っていたところ、私は、あっと驚くほど感動した。東北の小さな町で学校に通っていたとき、小型のものを買って持ち帰ったり、町筋の店では飾られている大型のものを見かけたりした、あの馴染み深い「お鷹ポッポ」が店先に飾ってあったのだ。

お鷹ポッポは、一刀彫で一本の木材を切り開いて、鷹の形に仕上げてつくる見事な民芸品で、思い出すのは学生時代、顔が小さく細長く、首筋も細長い、とある名物教授を親しみを込めて「お鷹ポッポ」という、あだ名で呼んでいたこと。

私は第二の故郷と言っていいほど愛着を感じていたその土地と、教授先生に誰もが感じていただろう愛情と同じような感情を、このせんべいの店に感じた。

それからは遠回りになってもときどき店に寄って、世間話を交わすようになった。

親しさも増すにつれ、この店の主人のことが少しずつわかってきた。主人は、いい〝たまり〟があると聞けば、「千里の道を遠しとせずに出かけて探し求める」職人気質を持つ男であった。

黙々とかまどの前であぐらをかいている職人然とした姿と、丹精込めてつくるせんべいの味と歯ごたえのよさで客をひきつけるものであるのだが、次第にこちらの歯が弱くなり、この主人のつくるせんべいの味の豊かさと厚みを嚙み砕くことが難しくなっていった。

私は考え込まざるをえなくなった。

本当は、こうなる前に歯医者さんに通っておけばよかったと思うことも、しまったと後悔するのも生来の怠け者のせいと言わざるをえない。

とはいえ、最後は歯医者さんに平伏してお願いすれば何とかなるだろうと高をくくって、とりあえずは薬用の歯磨き粉で歯をこすりまくっているうちに、なぜだか歯ぐきの浮きと歯の痛みは少し治まってきて、また怠け癖がはじまっている。

人間と自然との相互問題には、不可解なところがある。

坊主になったせんべい屋

さて、いよいよ父はネタに詰まってきている。「お鷹ポッポ」のせんべい屋の件は以前にも書いている。「塩せんべい」の謎については、私も先の項で書いた。

このせんべい屋の主人は、以前力士だったそうだが、ケガが原因で相撲の道を諦めたという。確かにお相撲さんとしては〃小兵《こひょう》〃の類に入るだろうが、がっしりとした体軀《たいく》とギョロリとした目玉が印象的な、ちょっと白隠和尚描く達磨さんのような迫力と愛嬌のある面構えで、さぞかし人気力士になっただろうな——と想像する。

とにかく何につけても凝り性だし、それよりさらに行動的な人なのだ。思い立ったら即実行に移す。三十年ほど前、世間話を通して父と親しくなり、地元商店会の「青色申告会」の講演を依頼されてからの付き合いとなる。お相撲さんだけあって(?)人の懐に入り、引く距離感がうまいのだろう。やたら顔が広い。山折哲雄氏や、先代からの春秋社の社長さんとも親しく、よく共通の話題に上る。しかもかなりのグルメらしい。根津にあったイタリアンの美味しい店で、いつもの作務衣《さむえ》ならぬチーフタイ姿でバッタリ会った時にはのけぞった。

さて——今の主人の先代からやっていたせんべい屋だが、数年前に突然店を閉めてしまったのでびっくりした。春秋社の社長さんから聞いた話では、僧侶になると修行に出てしまったのだという。「あれだけのせんべいを焼ける人なのにもったいない」「坊主よりも美味しいせんべいを作る方が、よっぽど人の為になるのに」と、皆口々にせんべい屋を惜しみ、彼の唐突な行動を非難した。

その後再びバッタリ主人と近所で会った。臨済宗の寺に入り僧侶の資格は得たものの、身体を壊して東京に戻ってきたそうだ。現在は老親の世話をする傍ら、相変わらずの行動力で様々な事をやっている。寺へ出向いて坐禅会を開いたり（その中には「ｄａｎｃｙｕ」の編集者もいると聞いたが）、仏師を招いて仏像を彫ったり——これには私も誘われた。前々から興味があったので、ノってみようかと思う。また漆塗りの器など〝手仕事〟の収集と新しい活用法の紹介などなど……。

思えば昔坊さん（特に臨済宗）は、寺に留《とど》まらず様々なアイデアを持って諸国を巡り、人と人とを繋ぐ〝ハブ〟の役割をしていたのだ。ストイックに一つの事だけを突き詰め、ただ黙々と同じ作業を続ける人生よりは、どこか飄々《ひょうひょう》としたこの人物には、坊さんの方が似合ってるのかもしれない。

猫との日々

小学校に入りたての身体検査のとき、お医者から「ヒコウセイビエン」と宣告された。でも意味がわからない。重大そうにも思えたが、別に身体に不自由なことも現れない。親たちに聞いてもみぬうちに、仲間たちと遊びに夢中になって忘れてしまった。

それからも「ヒコウセイビエン」という言葉は、身体検査のたびに言われたが、私の身体はいたって健康なもので、気にも留めなかった。たぶん気にしていたのは、猫だけだったと思う。

学校からの帰り道、墨汁と紙やすずり箱を入れた重たい鞄を持ちながら、寄り道ばかりの私は、家に帰り着くのがいつも遅く、鞄の中身が絵の具に変わることがあっても、帰りが早くなることはけっしてなかった。しかしながら家に帰れば、猫がいた。家の中で猫は唯一の友達だった。一度、外に出れば遊び呆けて、いつ家に帰るかわからない猫も私も、家で一緒にいるとき、私は猫をかわいがり、猫も私をかわいがってくれた。

猫はそばに寄ってくると、私に抱かれたまま、私の鼻汁をなめ取ってくれた。私は猫の好きそうな食べ物があると、口移しで猫に食べさせてあげていた。動物と人間の区別などない。現在なら、お医者や学校の先生に知れたら大目玉をくらうに違いない。友達に言ったら、「汚い」のひと言で相手にもしてくれまい。

でも「汚い」の小言は、もっぱら父や母にたまたま現場を見られたときに浴びせられた。「汚い」というのは、猫が外で何を食べているかわからない、ということにもよる。子供心にもそれくらいはわかる。でもそんなことくらいで、猫との密かな逢引きをやめることはなかった。

年を重ねるにつれ、私はだんだんと「ヒコウセイビエン」の意味がわかってきて、四年生にもなると、「何だ洟ったらしのことじゃないか」とバカにしていた。受験塾に通い始めるようになった頃は、母親が用意してくれる鼻紙をポケットに入れて勉強に励むようになった。

いまとなっては、「ヒコウセイビエン」がどこへいったか知らない。それとともに絶えず入れ替わりで家に入り込んでくる野良猫も、最近は猫用の缶詰などを食べ、私などよりも栄養価が上昇して、結構でっぷりとした体格になって愉しそうだ。薄情この上ない。

私も猫族との同族体験の愉しさが忘れられず、ときどきおいしそうなおかずを噛み砕いて食べさせてはいるが、いまでは猫族に同化とまではいかないで、やや落ち着いている。

こんな話を書いているときでも、猫は私のひざの間で眠りこけている。猫の太平楽も愉しいが、「汚い」と小言を言ってくれた親たちもやけに懐かしい。

必要悪

「肥厚性鼻炎」――慢性鼻炎のことだ。実は私も小学生の頃身体検査の度に、「慢性鼻炎」と書かれた。大人になった今でも、気づけば常に片方の鼻が詰まっている。こうして慢性的に炎症を起こすのは、必ず原因物質がある。十年ほど前の春先、あまりにもビシッと両鼻が詰まって苦しくてたまらず、耳鼻科の専門病院で診てもらった。今は簡易血液検査で、おおよそのアレルゲン物質が分かるのだが、結果を見てあきれた。検査値は、イラストマークの個数で分かるようになっていた。「スギ」や「イネ」や「カビ」が二、三個だったのに対して、「猫・猫・猫・猫」――とカワイイ猫マークが、ずらっと並んでいた。これじゃ治るわけがない。治療法はステロイドと炎症止めを含んだ鼻吸入。そして何よりもアレルゲン物質を取り除くことだが、「猫」は取り除けないので、一ヶ月ほど吸入を続けていたら、幸い春を過ぎると症状は軽減していった。私は軽い喘息もあるのだが、これも原因は猫（とストレス）だろう。なぜなら旅行で家を離れると発作は起きず、鼻もスキッと通るからだ。

千駄木に住んでいた四十年ほど前、母はひどい喘息の発作に苦しんでいた。父も夜中に救急で病院に連れて行ったり、一晩中背中をさすったりと、疲れていたのだろう。猫を拾ってきても「お母ちゃんの命と猫とどっちが大事なんだ?」と、子供にとっては「お父さんとお母さんのどっちが好きなんだ?」に匹敵するひきょうな取り引きを持ち出し、飼うことは許されなかった。

その後、画期的にお手軽な気管支拡張剤の吸入が出廻り、発作は数分で治まるようになった。さらに後年、うまくステロイドの吸入を続けることで、母は晩年の数年間ほとんど喘息の症状は無くなっていた。

この本駒込の家に越してから、隣の墓地にノラがたくさんいたことから、どっぷり〝猫まみれ生活〟が始まったわけだが、もしも身体のために猫を排除していたら、今の私は完全に存在しないし、父のいくつかの思索もこの世に生まれなかっただろう。

母は筋金入りの〝デカダン〟で、結核で片肺だったにも係わらず、タバコを手放さなかった。医者に「呼吸困難で苦しんで死にますよ~」と脅されても、「そうねぇー」と聞き流していた。そして亡くなる前夜まで、いつも通り酒もタバコもやっていた。

「良いコト・悪いコト」なんて、実は人智の外側にあるのかもしれない。

鬼の笑い声

去年の暮れから今年の初めにかけて、一世紀も前の世界恐慌の話を、テレビがしきりに伝えていた。

私の悪い癖で、よせやい、未だ人類の平均寿命は九十歳にもなっていないんだぜ、そんな記事が現在の恐慌の役に立つものかよと、馬鹿にしていた。

しかし、私がこういう侮り方をしている場合は、必ず放言しているときなのだ。

私は放言してから考えはじめる。自分で自分について考えはじめる。

その空白の時間に、同業者たちからは、生意気なのぼせ者だという評価が定まり、親切な先輩からはその癖を直せと、機会があるたびに忠告される。

私はそんなとき、いいえ、申し訳ありませんが、私は物書きとして、いつも自分を戒めることを忘れたり、怠ったりしたことはありませんと言いたくて仕方がないのだが、あまりにも忠告が正確なものだから、憤然として口ごもっているうちに、もう評価は定まってしまう。口の内側でもごもごしているだけでは、もう遅いのである。

けれど、もうすぐこの消えゆく命にも似た習慣を越えていけるという思いはあきらめていませんから、信頼してくれる余裕がありますなら、どうぞ黙って見ていていただきたく思います、というふうに考えている。

今年のお正月は、雑煮と知人からいただいた「横超」という名のお酒から造ったおとそとおせちとで新春の宴を催した。

私と奥方は老いを言い訳にして、新年の参拝をさぼったが、長女、次女の家族は、それぞれの知人たちと出かけたりして正月気分を味わっていた。

そんな私も三十代に入るまで、正月になると、凧揚げをやっていたものだ。六角形で、骨組みだけが「キ」の字の凧を買ってきて、糸目を少し強く直したら、アパートの物干し台から空高く揚げる。糸の重みだけで凧が沈みそうになるまで糸を伸ばし、高く高く揚げる。谷中の商店街の上空近くまで糸が伸びていく。

まだ幼かった子供たちは糸を持たせると喜び、大人の私は正月恒例の凧揚げに、はしゃぎ、大いにのぼせ上がり、奥方は半ばあきれた表情で、凧揚げを眺めていた。

現代の私にもそうした遊び心があるかな？

今年のお粗末な正月は我慢するとして、来年はこの仏頂面にも花を咲かせたいと思いはじめた。すると、どこかで鬼が笑う声がした気がした。

ボヤキ部屋

この頃になると父の文章は、もはや食べ物の話ですらない。老人の〃ボヤキ部屋〃だ。記憶もかなりあやふやになっている。物干し台のあるアパートに住んでいたことなどは無い。凧揚げは田端の高台にあった借家での話だ。その頃父はもう四十代に入っていたはずだ。

田端の家は、高い石垣の上に建つ大家さんと地続きの平屋だった。庭に煉瓦《れんが》作りの大きな池（しかも鯉付き！）があるのが面白かった。夏に男友達数人を呼び出し、池の水替えと掃除をした。男子どもは喜々として、自転車や都電で駆け付けてきた。水を減らした池で、鯉や金魚を素手で捕まえてタライに移す。苔でヌルヌルの池をタワシでこすり、滑って転んでドロドロになって、後で皆で一緒にお風呂に入った（小二位だったからね！）。

当時の田端は、谷中辺りからほんの二、三キロだったにも係わらず、原っぱやむき出しの崖、畑を作っている家もあり、都会にいながら虫取りや〃数珠玉〃を集めて首飾りを作ったりと、自然の遊びも味わえた。高台の家は冬に北風が吹くと、開けた谷中方面に向けての凧揚げにはもってこいだった。父は〝六角形〟と書いているが記憶違いで、「キ」の字の下にもう一本足して、さらに「×」の形に骨の入った〝四角形〟の凧だ（六角凧は〝尻っぽ〟が一本なので、バランスが難しい）。二本の尻っぽは包装紙を貼り合わせて、なるべく長く重くする方が安定が良くなるが、長すぎたり貼り方がずさんだと、片方がちぎれてくるくる回って凧は落ちてしまう。上から三分の一の真ん中に、すべての糸が集まるように調整する。後は風さえ来れば、凧はスルスルと揚がっていくのだが、結局は〝糸〟の重さの限界が距離の限界となる。継ぎ足し継ぎ足しして、二キロメートル近くを巻いた凧糸（ハンドボール大）の重さを想像してみよう。どこかで必ず限界がきて、糸は切れて凧は飛んで行く。その凧の行方を追跡しに行くのもまた愉しかった。糸を辿《たど》っていくと、たいがい谷中の「よみせ通り」のちょっと手前、谷田橋通り周辺の家の屋根とか電線に引っ掛かっていた。今なら関電工がすっ飛んで来て怒られそうだが、当時はお正月過ぎると、あっちこっちの電線に〝残骸〟が引っ掛かっていた。

今の家も東側が広大な墓地で大きく開けているので、ベランダから揚げてみたいな——と思うが、すぐに坊主に通報されそうだ。昔はどこの駄菓子屋にもぶら下がっていた和凧も、もう見当たらない。愉しい遊びは皆消えてしまった。

梅色吐息

　これでもう食べ物についてのタネは尽きたと何遍も考え、その都度、担当の編集者に励まされて気構えを立て直してきたこの連載も、やっと終わりまできた。

　ひとかどの事業を完了した気分である。ずいぶんちっぽけな事業だと思われるかもしれないが、食べることは、生きる上で生涯ついてまわる大切な一部分であり、私はここ数年で、ひとつの峠を越えた思いがする。

　それは食事、食欲にまつわる変化を連載の途中で体験したことだ。

食べるということは、おいしいかまずいかではなく、豪華か粗末かでもない。胃や腹、そのほか食欲に関係する身体の内部の仕組みが、食べることを欲する状態か否かの問題だ。生理もあり、心理もあり、それを左右する風俗、習慣、遺伝子といった数え切れない要因がある。私がこの連載の途中で感じたものは自身のその変化だった。

私は年をとったせいで、食べるという動作が億劫になっている。そこで、ルール違反のようなことを思いついた。主食と副食を一挙動で食べられないものかと考えたのだ。

現在、一日三食のうち、必ず一食は定番がある。主食は粥状の白米。副食は温泉玉子とトマトの薄切りである。笑わないで聞いてほしいが、温泉玉子とトマトの薄切りを一緒の茶碗で少量の醬油をたらしてかき混ぜ、ごはんにかけて食べてみたのだ。

私自身、これはひどいと思いながら、二、三日は我慢したが、とうとう音を上げてしまった。娘たちは、一人は別の家にいるのに二人で談合して冷やかしのつもりで同じものをつくり、あんなまずいものをよく食べられるものだと口をそろえた。

私はやけっぱちになり、温泉玉子とトマトに、さらに梅干しを加えてかき混ぜ、同じようにごはんの上にかけてみた。私の中では、もっとひどいものになるだろうという目安であったが、意外にも温和な味となった。

温泉玉子、トマトの個々の味はほとんど消えて、ただほんのりと梅の味がする。さらに、温泉玉子と梅干しだけで同じように試してみたのだが、このときもすべてを混ぜ合わせた味というわけでもなく、どれかひとつが突出した味でもない。やはり薄い梅の味となった。梅干しが加わることで、酸っぱさが増すと思っていたのだが、それはひとつの独自の味になっていたことに驚きをおぼえた。仕方なしに薄梅色の味と言うことにして、一挙動減ったことに安心をした。

どうやら、味というものは成分の総和ではなく、また成分の強弱で決まるものでもないということが、われながら怪しいけれど、ぼんやりと未解決の宿題として残っていて、食べ物の色、味、状態には単純な因果関係を強調すべきではないという疑問が、私の食べ物に対する考察を一歩進めるかもしれないという希望を抱いている。

朝の定番　メニュー
固めのお粥
芋の小鉢
温泉卵+だししょうゆ
湯むきしたトマト
梅干し

最後の晩餐

最後の晩餐

この頃すでに父の眼は、かなりひどい状態だった。定番メニューの「お粥・温泉卵・小鉢・トマト・小皿に梅干し一個」を毎日目の前の、寸分違わぬ位置に並べても、私が買い物などに出て戻って見ると、何かしら一品を食べ忘れていたり、醤油を小皿から外してたっぷりテーブルにかけてあったりした。

ＴＶで目隠しをして、舌の上に食物を乗せる実験を見たが、見えないとそれが鶏なのか、豚なのか、イチゴなのかキウイなのか、アボカドなのか鮪なのか、まったく判別がつかない。人間の味覚は視覚に頼る部分が大きい。

先天的に、あるいは若い内に視覚障害となった人は、逆に他の感覚が鋭敏になるのかも知れないが、歳をとってから視覚を失うということは、脳の〝引き出し〟に新しい記憶は入って来ない。そして〝引き出し〟の中身はどんどん失われていく。つまり認識できる空間が、日々閉じて行くだけの状態となる。

私位の歳ならば、まだ目隠しをされて自分の名前を書いてみろと言われても、なんとか形になるし、手探りで電気のスイッチを入れることも、ＴＶのリモコンを使うこともできる。しかし残酷なことだが、視覚や感覚や聴力と同時に、記憶や推理力も失われていくのが〝老いる〟ということなのだ。方向感覚や家の構造の記憶も失われる。大きな物音に驚いて階下に行くと、トイレに行こうとした父が方向感覚を失い、風呂場でもがいていたこともあった。

味覚の中でも〝梅干し〟の風味はかなり〝味〟として感じられるようなので、「梅干し・じゃこ・大葉の繊切り」の混ぜご飯を作ってみた。じゃこの代わりに作り置きの鶏そぼろを入れることもあったが、「キミの混ぜご飯は美味しいなぁ」と、言ってくれた。これが父に味を誉められた最後だった。

二〇一二年一月の内科の定期検診の日、〝舎弟〟ガンちゃんと協力して、父としては早いお昼前に起こし、気分を守り立て病院へと連れて行った。帰宅し食欲が無いと言うので、（父が言うところの〝軽め〟の）『きつねどん兵衛』に、温泉卵と茹でほうれん草を入れて出したのだが、父は途中で手が震えて箸を取り落とした。半分ほど食べて奥の客間に寝に行ってしまった。ちょっと異常を感じてガンちゃんと顔を見合わせた。その夜から父は熱を出し、三日後には救急車で病院に運ばれた。その後二度と父は固形物を口にすることは無かった。だから父の〝最後の晩餐〟は『きつねどん兵衛』なのだ。

氷の入った水

父が亡くなる三、四ヶ月ほど前、冬に入る頃だった。流しで洗い物をしていると、夜食の後ぼんやりとキッチンの椅子に座っていた父が、「さわちゃん、そこにいるか?」と尋ねた。「そこまでひどくなったのか」と思う。父と私の間には食器棚があるとはいえ、一メートルほどの距離だ。耳も遠くはなっていたが、水を流したり食器を洗う音は聞こえているはずだ。しかし父にとってそれは単なる〝音〟であり、〈水音→洗い物→そこに私がいる〉と、認識できていない。脳の回路が途切れているのだ。

「いるよ。何だい?」と、手を拭きながら父の目の前に立つと、「すまないが、氷の入った水を一杯くれないか」と、父は言った。その言い方が、これまでの父とは違って、あまりにも〝ニュートラル〟だったので私は驚き、限りなくやさしい気持ちになって、あわてて水を入れに行った。〝水〟じゃサービスのしようも無いので、せめてミネラルウォーターにロックアイスを入れ、父に差し出した。父は「ああ……うまい！　うまいなぁ」と、本当に美味しそうに飲み干すと、奥の客間へと這《は》って寝に行った。

そんなことが二、三度あっただろうか。私は人間のこれほどまでに〝含み〟の無い言い方を聞いたことがない。歩き疲れた旅の僧が村に差しかかり、初めて出会った村人に「すまんが水を一杯所望したい」と言う。時には気味悪がられ、目の前でピシャリと戸を立てられることもあるだろう。しかし僧は落胆するでもなく、恨み言を浮かべるでもなく、また再び歩き出す――そんな言い方なのだ。そこには懇願も媚《こび》も威圧も取り引きも無い。ただそのままそこに〝有る〟だけの言葉だった。

父がどれほどの高みにまで達したのかは、私は知らない。ただもう家族のもとには帰って来ないのだという予感だけがあった。

父は一介の僧となって旅に出てしまったのだ。

――なので、今も仏壇に供える水には氷を一個入れる。

私は仕事に関しては、おおむねなまけ者だが、これまでの人生で二度ばかり、自分から「書（描）かせてください！」と、言ったことがある。どちらの場合も、後々考えると大きな意味があった。今回も、そう口走ってから「ありゃ？　私何言ってんだ」と後悔したが、今はその意味が分かる。その時点では想像すらしなかったが、私は父と同じ年の十月に母も亡くした。両親の介護を生活の中心に据えていたつもりが、一転たった一年の内に、すべての生きる〝よすが〟を失ってしまったのだ。

〝食〟を巡る物語は、そのまま〝家族〟の物語だ。ヒマさえあれば、ぶらぶら歩きの好きな私だが、このエッセイを書いている間は、出掛けていても「ああ、またあの頃の家族に会いに帰ろう！」と、そそくさと家に戻り、引きこもっていた。しかも〝書く〟という行為には、少なからず客観性が必要だ。客観的に家族を見直すことは、私にとって最高の〝認知療法〟となった。おかげ様で精神のバランスを保てたのだと思っている。

最後の頃にはグダグダだった父に寄り添い、労を惜しむことなく支え、そして料理人でも料理研究家でも無ければ、（金もヒマも無かったので）食べ歩きの食通でも無く、さらに〝物書き〟としての実績もまったく無いドシロウトの私の、こんな

〝やりたい放題〟に、快くOKをくださった「dancyu」の江部拓弥さん。そして、ご自身もご主人を亡くされるというツライ経験を経ても、いつも元気で明るい笑顔の写真担当・中島博美さんに、心よりの感謝を捧げる。

二〇一三年三月

ハルノ宵子

「開店休業」のことなど

吉本隆明さんの連載が「dancyu」で始まったのは二〇〇六年の終わりのことでした。連載をお願いしたとき、僕が考えていたのは聞き書きのスタイルで、その頃の吉本さんの記事のほとんどが聞き書きだったこともあり、また吉本さんに原稿を書いていただくなんて畏れ多い、そんなふうに思っていたのです。

けれど、返ってきた言葉は「書く」というものでした。びっくりしたというか、戸惑ったというか。難解な原稿がきたらどうしようと、自筆の連載を快諾していただきながら、なんだか不安でいっぱいだったことを覚えています。

予想に反して（?）、吉本さんからいただいた原稿は平易な言葉で食のことを綴った、とても素晴らしいものでした。この連載に手応えを感じて、小躍りしたものです。

連載が四〇回を迎えようとしたときのことです。原稿をいただけるものと思い、自宅へと伺ったら、吉本さんは言いました。「今回はお休みにしましょう」と。当時、吉本さんは目の調子がよくなくて、原稿を書くことがずいぶんしんどい作業であったようです。また、食についてのネタが尽きて、書くことがないとも言われるのです。

「連載を終わりにしますか」と僕が聞くと、「緩やかに続けましょう」と吉本さんは答えます。「今回は休載にして、次号から再開しますか」と僕。「いつ書けるか約束はできません」と吉本さん。連載でもあるのであやふやなままでは難しいと伝えると、吉本さんは言ったのです。

「開店休業でいきましょう」

そこから、吉本さんは自説を展開しました。とある商店の前を通ったら、シャッターが閉まっていた。臨時休業の貼り紙もない。どうしたのかなと心配して家に帰る。しばらくして、再びその店の前を通ると、やっぱり閉まっている。貼り紙はやっぱり、ない。もしかして潰れたのかなという思いがよぎる。そんなことを繰り返したある日、店の前を通れば、シャッターが上げられ、何ごともなかったように営業していて、安心する。自分の連載もそんなふうにいきたいと。あれ今月もない、また今月もない、どうしたんだろうと読者は思うけれど、ある月、何の前触れもなしに掲載されているのがいいというわけです。

冗談かと思ったのですが、吉本さんは真剣そのもの。その熱意と無邪気さをあわせ持った突拍子もない提案に押され、僕は「開店休業」を承諾して、編集部へと戻ったのです。

本書の書名は、そのときのやり取りに由来しています。実質的な意味合いでの「開店休業」とは異なりますが、この話をハルノ宵子さんにしたところ、絶対にそれで行こう！　という後押しもあり、あっという間に決まりました。

ちなみに、吉本さんの連載が再び掲載されたのは、それから十一ヵ月後のことでした。

「ｄａｎｃｙｕ」編集長　江部拓弥

文庫版あとがき

早いもので、両親が亡くなってから四年目に入った。早いなんてもんじゃない。私の中では完全に、この三年という時間がスッポ抜けている。

書くこと以外の仕事も始めたし、新しい友人や人間関係もできた。サポーターもいっぱいいる。私は決して孤独ではない。それでもいまだ、どうしようもない喪失感と寂寥感《せきりょうかん》の中にいる。

すぐフラフラと出かけるくせに、なぜか二時間もすると「帰らなくちゃ！」と思う。三時間・四時間でそわそわし出すので、遠出もできない。完全に〝病んで〟いる……が、まぁ仕方あるまい。二十年以上、一時間・二時間と自分の時間をかすめ盗《と》るような生活をしてきたのだ。容易には、この習性から抜け出せないだろう。

〝食〟はそのまま、その人の出自と歴史を映す。本書を読めばお分かりの通り、父と母は正反対のベクトルを持つ。その両極端の強烈なエネルギーに、うっかり巻き込まれ振り回された半生だが、それはそれで味わい深いんじゃない?――と、今はそう思える。

文庫化にあたり、ページ数などの関係で、写真を割愛せざるをえなかった中島博子さん、本当にゴメン!

ご尽力いただいた幻冬舎の大野里枝子さん、そして超ご多忙の中、快く文庫版の解説を引き受けてくださった、敬愛する平松洋子さんに、心より感謝申し上げます。

二〇一五年十一月

ハルノ宵子

解　説

平松洋子

吉本家の居間でいただいた、ハルノさん手製のコロッケの味が忘れられない。小説誌に連載していた対談の六回目、ぜひハルノさんに登場していただきたいと編集部を通じてお願いすると快く引き受けてくださり、いそいそとご自宅に伺った日のことである。

ぜひお話を伺いたかったのは、じつは『開店休業』を拝読してのことだった。本書に収録されている吉本隆明さんのエッセイを雑誌掲載中から愛読していたが、一冊にまとまった単行本には、隆明さんのエッセイ一編ずつにハルノさんが書き下ろした一編が加わっていた。つまり、父娘共作の一冊になっていたのである。一読者としてその贅沢さに欣喜雀躍《きんきじゃくやく》したが、同時に興奮させられたのは、ハルノさんの文章のぶっちぎりの面白さだった。

奔放で、切れ味がすばらしくて、自由。父の記憶に容赦なく修正をほどこしたり、やれやれとボヤいたり。それらは、老境をむかえてゆるやかな筆致で展開する思想家の文章の味わいを引き立てる役割をも果たしていた。しかも、吉本家の長女としてハルノさんは、みずから「食欲中毒」（すごい言葉だ）を自認する父の行状に呆《あき》れ、わが道を貫く母に翻弄されながらも家族の存在をまるごと引き受け、食べ物を通じて家族の記憶を緻密に掘り起こす。ハルノさんの文章が醸す、幾層にも重なった吉本家の年輪のごとき情愛。『開店休業』との出会いは、私にとって事件に等しかった。

さて、コロッケの話である。本書のなかで、ハルノさんはこう書いている。

「毎年父の誕生日には必ずコロッケを揚げる。妹一家や友人たちも集まるので、三十個近く揚げる。（中略）晩年さすがの父も食欲は落ちたが、最後となった八十七歳の誕生日にも、しっかり三個のコロッケを平らげていた」（「じゃが芋人生」）

ハルノさんがそのコロッケを用意してくださっていると知ったとき、私は飛び上がらんばかりだった。吉本家の味のシンボルともいうべきコロッケをご馳走になるなど、願ってもいなかった僥倖《ぎょうこう》である。そして、わざわざこしらえて歓待してくださる気持ちにハルノさんの人情味を感じ、食べる前から胸が一杯になった。お待たせしました。ハルノさんが言いながら台所から運んできた大皿には、こんがりきつね色に揚がった俵型のコロッケが山盛り。隣に、みずみずしいせん切りキャベツがやっぱり山盛り。大ぶりのコロッケの衣がつんつん尖《とが》って、揚げたての香ばしい匂いをあたりに振りまく。味わう前からおいしさがわかる、そんなコロッケ。気がついたら箸を握っていた。
そのときの会話はこんなふうだった。

ハルノ　どうぞ、まずひとつ熱いところを。
平松　挨拶もそこそこに（笑）、まずいただきます……わ、おいしい！　衣もさくっとしていて、繊細な食べ心地。つくり慣れた、年季を感じるお味です。
ハルノ　で、私はやっぱりコレが欲しい（中濃ウスターソースをかける）。
平松　じゃあ私も。吉本家のコロッケの味ですね。

（「オール讀物」二〇一三年八月号）

本書のなかで、ハルノさんは自分のコロッケを「デンジャーコロッケ」と呼んでいるが、「デンジャー」の意味は「『イヤ〜ッ！』と言うほど生クリーム＋牛乳を入れる」から。しかし、ひと口食べれば、そんな危険などたちまちすっ飛ぶおいしさなのだった。「年季を感じる味」とは、まさにこの味だと私は感じ入り、そして、座卓の上にどん！　と置かれた中濃ソースの瓶にも吉本家の実在感を強烈に感じた。さきほどの会話のあと、ハルノさんはこう続けた。
「父のやり方は、味の素とこれをガーッとかける。味の素は、もう信仰してたとしか言いようがないです。ちょうどいいお味でおひたしをつくって出しても、まっ白。そういうわけで、うちは何に何をかけられても、どんな味にされても怒らない（笑）」（同）
さすがだなあ。私はつくづく感嘆した。本書には、身内だけが知る〝衝撃の告白〟がたくさん開陳されているけれど、なかでも隆明さんは、味の素にたいする耽溺《たんでき》ぶりを「自身の弱点」と吐露している。その文章を引き受けて、ハルノさんは「妹と私は『味の素』のことを父の〝命の粉〟と呼んでいた」と書く。梅干しの雪山の風景も、「どんな味にされても怒らない」度量もやっぱり衝撃的だが、目の前のハルノさんはコロッケに中濃ソースをかけながら涼しい顔をして笑っているのだった。
読めば読むほど、するめのようにじわじわと味が染み出してくる。しかし、真のうまみは、簡単には出てこない一冊である。そもそも吉本隆明の食をめぐる文章からして、ただごとではない。八十余年の歳月から顔をのぞかせる食べ物を掌《てのひら》にのせ、自在に玩味しつつ、それぞれの実相に迫ろうと試みる。豚ロース鍋。かき揚げ汁。塩せんべい。クリスマスケーキ。七草粥。たい焼き。おから寿司。ラーメン。陸ひじき。焼きそば……さまざまな味の記憶が、老年の生のエネルギーをかきたてるかのようだ。食べ物を手掛かりにすれば、かならずや思考運動が促されることを熟知しているふしもある。たとえば、焼き蓮根への執着。幼少期に出合った母の焼き蓮根への郷愁を綴《つづ》りはじめるのだが、しだいに食欲の観念へと思考が傾いてゆく展開がじつに独特だ。自身にとって実在感のつよい食べ物であればあるほど、エネルギーの発露がある。または、「子供のころはいまよりも、野菜さんが美味だった気がして仕方がない」という一文で始まる「野菜の品定め」。ほうれん草の赤みを帯びた根っこの甘みをなつかしみ、食の平等性に考えをめぐらせて融通無碍《むげ》。ひとりの思想家の内面を、食べ物を手掛かりにして旅をしているような感覚をおぼえる。かと思えば、「甘味の自叙伝」では弟の授乳のさい母のおっぱいを掠《かす》め取ったと告白し、老年になって表明する母乳への親愛の情はなにやら官能的でもある。

味について、かつて吉本隆明はこのように語っている。

「(前略)『味』っていうのはつまり『匂い』とも言うようなもので、それは非常に感覚的に総合的なもので。だから味っていうのは、いちばんわかりにくくて難しいんじゃないかな。すべての感覚のもとにあるみたいなものを引き出される感じがあれば、『うまい』ってことになるんじゃないかと、理屈づけはしてみるんですけどね。味っていうのがほんとうの味かと言ったら、それはなにかいろんなものが加わっちゃってるよってことだと思う

んです」(『吉本隆明「食」を語る』朝日新聞社)

味、またはおいしさの核心が素手でわし摑《づか》みにされている。「いろんなものが加わっちゃってる」からこそ、味というものは「わかりにくくて難しい」。食べ物は、いくら思考だけ巡らせても、決して脳だけではわかり得ない手強さがある。だからこそ、吉本隆明は最期まで食べ物をけっして手放さず、みずからの感覚を鼓舞し、総動員しながら思考の対象物として扱うことを止《や》めなかったのだろう。

いっぽう、ハルノさんの視線から綴られる吉本家の記憶はすみずみまで人間味を滲《にじ》ませ、じつに濃い。

「食べることが嫌いだった母があずかる我家の台所に、〃お袋の味〃は存在しない。代わりに思い出すだけで『ぢっ』と、こみ上げてくる父親の味があるだけだ」(「恐怖の父の味」)

料理にまったく興味のなかった母がかろうじてつくったのは干物や漬け物、ご飯と味噌汁くらいのものだったから、父は必要に迫られて台所に立つことになった。連日続く奇天烈な〃実験料理〃や正体不明の揚げ物を、吉本家の家族は胃袋におさめてきたのである。おたがい妥協するところがない両親だったから、その調整役は娘たちが務めることになった。本書の白眉ともいうべき「落ちていたレシート」事件は、野放図な食生活ぶりをみせる父、一切の炊事を放棄した母、家族の破れっぷりをあますところなく物語って、泣き笑いの針が振り切れてしまう。この事件を境にハルノさんは台所仕事を引き受け、九〇年代に入ってからは家事全般を担うようになった。とはいえ、とかく行事好きの吉本家では、四季折々の料理が家族の絆を結びつける役目を果たした。おせち、七草粥、節分蕎麦、ちらし寿司、お花見の鍋料理、家族それぞれの誕生日のお祝い料理……一年、また一年、食べ物によって結び合わされるかのように家族の歴史が醸成されてゆく。

何度読んでも幸福感でいっぱいになるのが、クリスマスについて語った文章である。

「その内私の誕生日は忘年会とごっちゃのバカ騒ぎに取って代わり、いつしか消滅した。(五十過ぎてトシ食うのを祝われたくもないのだが)その時期になると、ケーキを持って妹一家が来る。で、自分の誕生日のために自分でごちそうを作っていると『なんかちがう〜！』と思うのだが、幼少期無条件に与えられ祝福された愉しさの記憶は、確かに私の一つの核となっている。私はどんな時でも無条件に、人に何かを作って食べさせるのが好きなのだ」(「クリスマスの思い出」)

ハルノさんのコロッケの味には、だから、幼い頃の「無条件に与えられ祝福された愉しさの記憶」もいっしょに混じっている。あれほど味覚を捉え、ひとをなごませるコロッケのおいしさは、家族からの贈り物であり、両親からの祝福でもあったのだ。老いて日常生活がままならなくなった両親は、それぞれ一階と二階で暮らすようになるのだが、同居して暮らすハルノさんが日々の食事の世話をし、ひたすらな献身とともに生の時間を支えた。味には「なにかいろんなものが加わっちゃってるよってことだと思う」と語った思想家の言葉が、あらためて巨《おお》きなものとして立ち上がってくる。

ハルノさんは、父の仏壇に供える水にいつも氷を一個入れるという。その背景となった父の佇まいは、稀《まれ》な透明感に包まれてふかぶかと胸を打つ。そして、読み終えて一冊を閉じたとき、吉本隆明とハルノ宵子、ふたつの輪郭が重なり合ってひとつの像を結ぶのである。

——エッセイスト

この作品は二〇一三年四月プレジデント社より刊行されたものです。

※本文中の表記は、原則として連載時を基準に、極力、著者の原文に沿うものとしましたが、今回の文庫化に際し、若干の表記上での変更・統一を行い、新たにルビなどを加えたものもあります。

幻冬舎文庫

●最新刊
ストーリー・セラー
有川浩

妻の病名は致死性脳劣化症候群。複雑な思考をすればするほど脳が劣化し、やがて死に至る。妻は小説を書かない人生を選べるのか。極限に追い詰められた作家夫婦を描く、心震えるストーリー。

●最新刊
彼女が灰になる日まで
浦賀和宏

昏睡状態から目覚めたライターの銀次郎。謎の男に「この病院で目覚めた人は自殺する」と告げられ、調査に乗り出すが。人間の憎悪と思惑が事件を左右する、一気読みミステリー。

●最新刊
頼むから、ほっといてくれ
桂　望実

トランポリンって、やってるほうはこんなに苦しいんだ！　オリンピック出場を目指して火花を散らす五人の男。選ばれるのは一体誰だ？　懸命に生きる者だけが味わう歓喜と孤独を描いた傑作長編。

●最新刊
土の学校
木村秋則　石川拓治

絶対不可能といわれたリンゴの無農薬栽培に成功した著者が10年以上リンゴの木を、草を、土を見つめ続けてわかった自然の摂理を解説。たくさんの不思議なことが起きている土の中の秘密とは。

●最新刊
旅者の歌　魂の地より
小路幸也

兄姉と許嫁を人間に戻すため仲間と共に試練の旅に出たリョシャ。死が蔓延する冬山など幾度となく降りかかる苦難を乗り越えた先に待つのは歓喜か、絶望か。興奮と感動のエンタメ叙事詩、完結！

幻冬舎文庫

●好評既刊
海に降る
朱野帰子

潜水調査船のパイロットを目指す深雪は閉所恐怖症になってしまう。落ち込む深雪の前に現れたのは謎の深海生物を追う高峰だった。運命は彼らを大冒険へといざない……。壮大で爽快な傑作長編。

●好評既刊
リターン
五十嵐貴久

高尾で発見された死体は、十年前ストーカー・リカに拉致された本間だった。雲隠れしていたリカを追い続けてきたコールドケース捜査班の尚美は、警察の威信をかけて、怪物と対峙するが……。

●好評既刊
エイジハラスメント
内館牧子

女は年をとったら価値がないのか？——大沢蜜は34歳の主婦。平凡な日々に突如訪れたのは年齢という壁。しかも夫の浮気までも発覚して——。女性が直面する問題をあぶりだした、衝撃作!!

●好評既刊
癒し屋キリコの約束
森沢明夫

純喫茶「昭和堂」の美人ぐうたら店主・霧子の裏稼業「癒し屋」。彼女が人助けをする理由とは？　霧子宛てに届いた殺人予告が彼女の哀しい過去を暴き出す。自分に向き合う勇気がわく感動エンタメ。

●好評既刊
アズミ・ハルコは行方不明
山内マリコ

地方のキャバクラで働く愛菜は、同級生の男友達と再会。行方不明になっている安曇春子を遊び半分で捜し始めるのだが——。彼女はどこに消えたのか？　現代女性の心を勇気づける快作。

幻冬舎文庫

●好評既刊
心霊コンサルタント　青山群青の憂愁
入江夏野

怪奇現象を解決してもらうため、貧乏女子大生・花は、心霊コンサルタント・群青を紹介される。冷たく口の悪い群青だが、腕は確か。しかし、彼の陰のある瞳に、花は何か秘密を感じていた――。

●好評既刊
俺は絶対探偵に向いてない
さくら剛

探偵見習いのたけし。アイドルのストーカー相談では、アイドルとの生遭遇&生接触に興奮し、新興宗教に入信した若者の奪還では自分が洗脳されてしまう。たけしは無事、探偵になれるのか!?

●好評既刊
お口直しには、甘い謎を
高木敦史

腑に落ちないことがあると甘いものをドカ食いしてしまう女子高生のカンナ。ダイエットに勤しむも、彼女の食欲をかき立てる事件が次々と発生。お腹が空くのは事件の予感!?　青春ミステリー小説。

●好評既刊
神木町あやかし通り天狗工務店
高橋由太

一見、普通の大学生の鞍馬だが、その祖父・太郎坊は千里眼を持ち空を飛ぶ、黒天狗だった。天狗の大工とヘタレな孫が、家のリフォームと、ついでに事件も請け負う、妖怪お仕事ミステリー！

●好評既刊
昨日の君は、僕だけの君だった
藤石波矢

佐奈は、泰貴にとって初めての彼女。だが、彼女には他に二人の彼氏が！「三人で私をシェアして」という条件でスタートした異常な関係の裏には、それぞれの「切なさ」が隠されていた――。

開店休業《かいてんきゅうぎょう》

吉本隆明《よしもとたかあき》　ハルノ宵子《よいこ》

平成27年12月5日　初版発行

発行人——石原正康
編集人——袖山満一子
発行所——株式会社幻冬舎
〒151-0051東京都渋谷区千駄ヶ谷4-9-7
電話　03(5411)6222(営業)
　　　03(5411)6211(編集)
振替00120-8-767643

印刷・製本—中央精版印刷株式会社

装丁者——高橋雅之

幻冬舎文庫

ISBN978-4-344-42422-7　C0195　よ-24-1

幻冬舎ホームページアドレス　http://www.gentosha.co.jp/
この本に関するご意見・ご感想をメールでお寄せいただく場合は、
comment@gentosha.co.jpまで。